# 文字，飘香在清浅的流年

吕秀彬 著

国际文化出版公司

·北京·

**图书在版编目（CIP）数据**

文字，飘香在清浅的流年／吕秀彬著. — 北京：
国际文化出版公司，2020.4（2023.6重印）
ISBN 978-7-5125-1178-1

Ⅰ. ①文… Ⅱ. ①吕… Ⅲ. ①散文集－中国－当代
Ⅳ. ① I267

中国版本图书馆 CIP 数据核字（2020）第 003715 号

## 文字，飘香在清浅的流年

| | | |
|---|---|---|
| 作　　者 | 吕秀彬 | |
| 责任编辑 | 宋亚晅 | |
| 封面设计 | 鸿儒文轩 | |
| 出版发行 | 国际文化出版公司 | |
| 经　　销 | 全国新华书店 | |
| 印　　刷 | 三河市华东印刷有限公司 | |
| 开　　本 | 880 毫米 ×1230 毫米　　32 开 | |
| | 9.875 印张　　　　　202 千字 | |
| 版　　次 | 2020 年 4 月第 1 版 | |
| | 2023 年 6 月第 2 次印刷 | |
| 书　　号 | ISBN 978-7-5125-1178-1 | |
| 定　　价 | 48.00 元 | |

国际文化出版公司
北京朝阳区东土城路乙 9 号　　　　　邮编：100013
总编室：（010）64271551　　　　　传真：（010）64271578
销售热线：（010）64271187
传真：（010）64271187-800
E-mail：icpc@95777.sina.net
http://www.sinoread.com

# 致秀彬（序）

张 文 宝

## （一）

先认识板浦，后认识秀彬。认识秀彬后，我认识了板浦的大街小巷，认识了善后河、荷花池、国清禅寺，认识了历史里的板浦，想象中的板浦，《镜花缘》书里的板浦，以及秀彬拂动的长发和宽阔明洁的额头上的板浦。

对一个地方的记忆需要缘。

我仿佛中看到青年时候的一个白面书生，胳肢窝夹着书本，眼上两片玻璃后闪烁着若有所思，走在初春板浦窄窄幽幽的街上，在寻找记忆。

## （二）

举着一把黑伞，从雨巷里走出来，雨丝把秀彬的一绺黑发粘在额上，从这开始，我玩称秀彬是徐志摩。徐志摩的油纸伞上滴溜溜的水珠落下来的一瞬间，是什么滋味，咸淡人生。

从小巷里百次千次走出来的秀彬，一次一次敬畏着小巷。小巷在苍茫的历史时空里沉浮隐现。

文弱书生的秀彬，在历史的老墙下，听到了沉雄的交织着历史与现实的钟声。昂起头的刹那，我知道，他已经接受了忠诚，张开两臂，拥抱呼啸的大海。他不甘于小巷的迷恋。

## （三）

秀彬带我去如梦如歌的善后河上，乘一叶扁舟，在河上让心思荡漾。能写出善后河的胸怀，描摹出夹岸桃花花瓣英姿和落叶飘零的秀彬，不是一个我能想象出的心底孕育着文学瀑布的作家。

秀彬的美文写在善后河上，把自己的心思留在河面上。他成了自然之子。

## （四）

一池碧波，映日荷花，早有蜻蜓立上头是远去的事情了，很远了。现在的荷花池破败残壁，该摧毁的全不在了，想象不出远去的那些美好。这倒适合文人心境，能品咂出些意味。秀彬已经领几番文人过来瞻仰。几枝枯叶，疏影横斜，水清浅，倒点出几许人间事。不同的人画出不同的枯叶。

秀彬做事既细又粗，为人明了，直来直去，花言巧语被放逐远去。但他有诗情画意。他是性情之子。

## （五）

秀彬出书，我想，阅读那些文字，心底会获得安静的。有一点安静，多大享受啊。

（作者为江苏省作家协会副主席、连云港文联副主席、
连云港作家协会主席）

# 目 录

## 第二辑　笑靥如花

# 第一辑

# 四季回响

　　花信风捎来季节的消息，在四季的更替中，享受着大自然馈赠的风景的美好，也在体悟着季节中蕴含的精深的文化。春天桃花的绯红，夏日甘霖的清透，秋日落黄的摇曳，冬季白雪的诗意……像一枚枚季节的名片，飘落在我的书案上，让我心荡神摇，于四季的变化中咀嚼岁月的况味……

# 在水之湄

　　浴一片春光，泛一叶扁舟，在周末闲暇，携二三好友，怀一缕闲情，看古盐河一湾春水，是一件多么赏心悦目的事。

　　水，碧碧的；天，蓝蓝的。水天掩映，天地间仿佛是在水晶体中一样，蓝莹莹的一片；而桃花的红，油菜的黄，麦苗的青，连同挂在蓝天上的那片白，就静静地摇曳在这抹碧中，像是倒映在水中的一片彩云。

　　在古盐河上泛舟，我们仿佛走进了一个纯自然的生态园。这不仅仅是因为河岸的花草果木葱茏的生机，也不仅仅是因为河面的白鹭们贴舟展翅，河底的鱼儿们悠然游嬉。你看，在一棵不足两米的杨树上，一个直径达三十厘米的喜鹊窝，就这样安然悠然地搭在它的枝头，窝的主人在河岸上从容地踱着方步，在慢悠悠地觅食。就在它的身旁，一位老农正在为刚刚绽芽的棉花锄刈着青草。喜鹊一边喳喳地叫着，一边扑棱着翅膀，飘忽在锄前锄后。也许是心动于喜鹊的浸染，你听，老农也拉开粗浊的喉咙，扬起了半生不熟的淮海戏，伴着"喳喳"的喜鹊声，仿佛是一曲古朴的天籁，和着泥土的清新与芬芳，一起投进了河的柔柔碧波里。

在古盐河上泛舟，看朝阳脉脉水悠悠，我忽然发现这一条像玉带一样绕城而过的河水，不正是她身旁这座千年古镇的一条生命的血脉吗？正是有了她的滋润，古镇才总是这样鲜亮活泼，生机盎然。导游指着一条在桃花丛中蜿蜒北上的河的支流说，这是一条已废弃的古盐河，在古镇还是苏北盐都的时候，这条水路可是帆影重重，来往商贾如云。兴盛的盐业给河水起了个好听的名字，盐河也为古镇的经济网络了强劲的血脉。秋月春风，水涨水落，如今的古镇已不再是商盐的集散地；这段古盐河，已成了果园村经营渔业的一支水网。然而，当我们极目远望，看到桃花掩映的古镇，看到古镇上一幢幢拔地而起的新厂房、新民居，市文联的几位领导不住地颔首微笑。是啊，正是这条多情的河水，养育了一代又一代的古镇人，让他们生生不息，让他们蒸蒸日上，每一滴盐河水，都讲述着古镇的一段古老的故事。

河水也清洗着古镇人的心灵。正如这一湾碧水，清醇、蕴藉、深沉，也是古镇人的品格。当我们在古镇盐河上泛舟，当我们在古镇小巷里徜徉，一种人情的善良与美好，和浓浓的春意一起扑面而来。那位用亮亮的歌声，甜甜的笑声写意着春色的渔家女，还在橹声欸乃中让她红色的纱巾飘扬在蓝天碧水间吗？那位用粗粗的喉咙和憨憨的叫卖声勾勒着古镇风景线的街坊汉子，还在热情地把碧碧的凉粉捧到小镇客人的面前吗？那位刈草的老农和那只悠闲踱步的喜鹊，还在合唱着同一首歌吗？

河水，也滋润着古镇的文化。我曾在李汝珍的故居里，在已逾两百岁的皂角树下，深情地凝视着那一方古井，凝视着古井里那汪汪一碧的井水。正是这一汪井水，养育了一代文豪李汝珍；正是井水的清冽与温润，让他看清了社会的污浊与冷漠；正是倒映在井水里皂角的一片翠叶，让他悟出了镜花水月的虚无。而这眼井水，正是古盐河的水啊！如果说，根植于古镇的文化，像这棵根深叶茂的皂角树，古镇的文化名人，像李汝珍、凌廷堪、二许、卞赓，近时的以汪德昭为代表的汪氏三弟兄，就是古镇文化树上苍劲滴翠的虬枝。而古盐河的水，正是源源不断地供给他们文化养分的生命之脉啊。

自然是水，人文是乳，古盐河则把它们水乳交融起来。回来以后，似乎仍受着古盐河澄碧的晕染，好长时间，心灵的世界总是天清气朗。

# 月夜桃源行

是白天游园太喧嚣，还是踏青在夜色中能嗅出暗香浮动的诗意？反正，我总喜欢让自己的身心漂泊在夜的花海中，尤其在这片疏朗的月色中。

春意正盎然。在白天，烂漫得挂满枝头的花儿们会争先恐后地挤进我的脑海里，塞满我的心园。律动的思想窒息了，驿动的心灵僵化了；仿佛是一摊琳琅的玉珠，一股脑儿缀满你的全身，你除了感到沉重的压抑外，还会觉得它们美好吗？

晚上却好：风柔柔地吹着，月光柔柔地洒着，花香柔柔地浮着。这是一个靠思想的触角去抚摸的世界，这是一个靠心灵的感应来写意的世界，视觉的屏幕尽可以关闭，让律动的思绪尽情地飞扬。

一泓春水，温柔地依偎着我，幽幽地，像姑娘幽幽的眼睛。虽然，我看不清她的目光，却能读懂她的幽怨和企盼。"月暗送湖风，相寻路不通。菱歌唱不彻，知在此塘中。"也是有月的晚上，柔柔的风也是袅袅地吹着，那位唐朝的小伙子，心情却没有我这样的平静。池塘弯弯，迷离了小伙子寻芳的眼睛；菱歌悠悠，拨动着小伙子追求的心弦。一缕爱情的温馨，氤氲在斑驳的月色下，荡漾在惝恍的心海中。

所有的执着与虔诚，只为在水一方的伊人，潭水深深深几许，能容载这款款深情吗？

池塘的四面，远远近近，高高低低的都是桃树，而一抔抔低矮的墓冢，就这样静穆地卧着；土丘里一个个睡去的灵魂，就这么寂寞地躺着。他们也曾轰轰烈烈地活着，像枝头的桃花在热烈地绽放，演绎着人生的悲欢离合，他们也曾经轻歌曼舞在这方月下的池塘，在袅袅的菱歌中寻找美好的爱情。如今，他们正沉沉地睡着，是在忆着昨天"池塘生春草"的梦吗？是在听着"园柳变鸣禽"的歌吗？

假如生命中有灵魂，我愿和墓中的人儿对话，听他们娓娓地倾诉，用自己的心灵与虔诚。正如天空中这轮疏朗的月亮，只要给人们洒下过光辉；正如枝头上这片烂漫的桃花，只要给自己家园飘逸过芬芳。我不禁要匍匐在他们的身旁，带着真诚与敬重，这一丘丘影影绰绰的土堆，在月光、桃树的背景里，霎时构建了一幅美丽的风景。

"只应守寂寞，还掩故园扉"。是的，那丘丘黄土，永远关闭着外出的门。生命就应该这样：生如桃花般烂漫，死如月色般静美。月夜桃源行，池塘中那柔柔涟波，桃林里那浅浅的土，似乎都在对我说……

# 立春里的乡愁

　　大寒的冷，凝固着雪意沉沉的冬，那种刺骨的肃杀，好像想让严寒，等着春节火树银花的消融。但不管冬是否情愿，立春，的确是在水瘦山寒中，悄然降临了。

　　冷风，瑟瑟地吹着；河水，厚厚地冰着；天空，寂寂地睡着。偶尔掠过一抹喜鹊黑白的影子，却倏地遁迹在苍茫的天色中，只留下沙哑的啼声，充满着惊恐，在落木的枝桠间那团墨色旁萦绕。

　　春天，本来应该是姹紫嫣红，鸟语花香啊！可是，立春的节气，却萧瑟地滋生着寒冷与孤寂，仿佛是浓浓的乡愁，疯狂地生长在我的心头。

　　乡愁从家乡袅袅的炊烟中飘来，依依地，如村头那株老树光亮亮的枝条。落日泼洒完最后一点残红，默默回到山岚里去了；归鸟背着落霞，悄悄隐到暮霭中了。空旷的原野，却回荡着父亲焦急的呼唤——儿啊，晚饭了，快点回家吧！呼喊声随着徐徐的炊烟，悠悠地飘落在我的心头，初春料峭的晚风，送来热热的暖流，一如我两眼倾泻的两行扑簌簌的热泪。父亲深情的呼唤，是我童年最美丽的歌谣，每当它依稀唱起，就融化了我心的冰凌，我的血脉里，潺潺地流淌着立春冰雪消融的轻唱。

乡愁从老屋鹅黄色的灯苗中漾来，暖暖的，如母亲帮我缝补的那件厚厚的棉衣。寒星扑闪扑闪地亮着，仿佛为缝补寒衣的母亲，挑起一盏盏温情的灯笼。窗外，春雪静静地飘落，轻敲窗棂的微响，又像在叮咛着母亲——夜深了，天寒了，该早点休息了！母亲似乎浑然不觉，入神地缝着补着，不时用针尖挑落着灯花。一针一线，似乎都浸染着母亲的心血，依偎在她怀抱里的棉衣，焐着母亲的体温，在针线的缝补间幸福地跃动，好像跳跃着的亮亮的灯苗。慈母手中线，缝补着那段艰难的岁月，让物质匮乏的缺憾，因为满满的母爱，变得幸福盈盈；立春时节苍白的风景，因为母亲针线温情脉脉地穿梭，诗意而灵动。

乡愁从在南墙负暄的笑声中捎来，朗朗的，如初春阳光明媚地照耀。大寒立春时节，村里的老人、孩子，往往倚靠着向南的泥墙，美美地享受着阳光暖暖的沐浴。老人们边懒洋洋地伸着懒腰，边懒洋洋地讲着农事。这块空荡荡暖融融的地方，却成了我和小伙伴们嬉闹的乐园。翻跟头，摔纸牌，跳绳子，捉迷藏……这些童年的游戏，在南墙的一隅，被我们演绎得酣畅淋漓、情趣盎然。立春时节的寒冷，被嬉闹的汗水冲洗得春光融融；儿时的饥饿，在负暄生动的情节中，变得充实而饱满。

大寒如初，立春依旧，春节的年味却渐行渐远了；我的父母，村里的老人，童年的往事……手拉着手，一起走进红尘的深处，再也不会回来，却用他们的慈爱、淳朴、童真，于梦醒时分，漫洇我彻骨的乡愁，袅袅如村里的炊烟，在那片魂牵梦绕的云水间，缠绵，萦绕，不绝如缕……


元宵节，那一轮圆圆的皓月……


正月十五，新年的第一轮满月，携着初春的明媚，染着岁月的芳华，在火树银花的浓墨重彩中，冉冉升起，款款而来。"海上生明月，天涯共此时。"月色溶溶，月光皎皎，月影依依。千百年来，它浸润着多少脉脉的深情，承载着多少美好的祈盼。

盈盈的满月，烘托着万家团圆的祥和。圆圆的月亮，圆圆的元宵，圆圆的希望。万家灯火辉映着明媚的月光，元宵的香味晕染着沉醉的春晚，花树绽放，星雨飘落，凤箫声动，鱼龙共舞……

而一条浅浅的海峡，像一把弯弯的刀，剜割着两岸同胞血浓于水的手足情深，"举头望明月，低头思故乡"。如水的月华，流淌着如水的思念。在徐徐吹来的南风中，我的耳畔，仿佛又轻轻漾起那首沁入肝肠的闽南歌谣：

闹元宵，月正圆

闽台同胞心相依

扶老携幼返故里

了却两岸长相思

热泪盈眶啥滋味

久别重逢分外喜

闹元宵，煮汤圆

骨肉团聚满心喜

男女老幼围桌边

一家同吃上元丸

摇篮血迹难割离

叶落归根是正理

朗朗的月光，寄寓着玉宇澄清的美好。初心如月，晶莹澄澈。而世俗的浮华，红尘的纷扰，总让许多人迷失心智，失足在名利的贪欲中。

当正月十五的月光，朗朗如玉，清清如水，晕染出一个琉璃的世界，清风浩浩，明月中天，沉迷物欲的众生，是否应在这元宵的月华中，扪心叩问：做人还如菩提树一样正直伟岸？心灵还如明镜台一样纯洁晶莹？假如不是这样，请在这澄澈的夜晚，让心灵接受月光圣洁的洗礼！

"春到人间人似玉，灯烧月下月如银。""质本洁来还洁去"，永葆一种纯洁的精神，守护着心灵的月亮，初心不忘，矢志不渝。

蓝蓝的月夜，氤氲着男女情爱的浪漫。"月上柳梢头，人约黄昏后。"山岚衔溜走了最后一抹落红，暮霭刚刚荡漾起淡蓝的飘带，圆月，已经悄悄爬上鹅黄色的柳梢。明月，如姑娘圆润的脸庞；在晚风中轻轻摇曳的柳丝，又如姑娘婀娜的身姿。

一年中第一个月圆的夜晚，初春刚刚绽放着的心事，萌发着青春美丽的爱情，像浅绿的芳草，绵延着少女的情思：肥马轻裘的张狂，她不屑；风花雪月的轻浮，她漠视。那位一袭长衫，捧卷吟哦的读书人，正应姑娘的月圆之约，翩翩而至。华灯初上，掩映着两张幸福的笑靥，红红的，仿佛是两朵灿烂的花朵。笑语盈盈，暗香依依，依偎在灯火阑珊的朦胧中……

元宵节，那一轮圆圆的皓月，团圆了万家，澄澈了古今，见证了爱情。这轮多情的月亮啊，冰心一颗，诗情万缕，皎洁了如诗如画，也真也幻的元宵………

# 好雨，飘落在鲜鲜的春天

"天街小雨润如酥，草色遥看近却无。最是一年春好处，绝胜烟柳满皇都。"应该是雨水的节气，小雨晶莹地飘落，滑滑的，甜甜的，润润的，似酥酒初熟；冬眠的小草，好像酒醉初醒，惺惺然张开眼，在凉凉的细雨浸润下，展露浅浅的绿意。

人们爱春，爱春的桃红柳绿，爱春的莺歌燕舞，那种春暖花开的妩媚与温情，是很多人最美的向往。

可是，初春雨水的节气，在一千多年前那位"唐宋八大家之首"看来，却是春最好的所在。那丝丝缕缕的缠绵，那滋润如酥的甘滑，那沾衣欲湿的内敛，比起柳絮飘雪，柳烟锁雾的盛春来，暖味更入心，韵味更隽永。

雨水洁净着岁月的铅华。农历正月，烟火最盛最浓。春节的喜庆与热闹，人们的欢聚与祥和，总是和鞭炮的震耳欲聋，烟花的眼花缭乱，烟尘的弥漫飞扬相依相随。在车水马龙熙熙攘攘的鼎沸声中，春节年味肆意地膨胀着，消费污染疯狂地蔓延着，生态失衡触目惊心地发酵着，人类与自然，在春节浓墨重彩的渲染中，正越来越失去自身的本性与纯净。

"好雨知时节，当春乃发生。"一夜凉雨，澄澈了天地，洗去了浮躁，回归了初心。仿佛醍醐灌顶，洁净着空气，也洁净着人们的心灵。

雨水孕育着新年的希望。希望从浅绿的草色中慢慢舒展开来。"七九河开，八九燕来，九九加一九，耕牛遍地走。"在泠泠的雨声里，东风送暖，冰雪消融。潺潺的流水，边轻唱着初春欢快的旋律，边曼舞着款款流入麦田。"雨水有雨庄稼好，大春小春一片宝。"春风化雨，湿润的气流带回了归家的紫燕，呢喃地在农家的庭院里安窝筑巢。经过一冬的生息，耕牛们憋足了劲，眼前黑黝黝的土地，依稀送来青草的气息，那清爽甘冽的味道，是耕牛们幸福的期待。

而九九艳阳天，是少男少女烂漫的节日。清清的雨水，青青的柳枝，轻轻地鸟啼，一起为多情的人们，设计一个温馨的背景，那淡淡绿意点缀着的草色，绵延到天涯，仿佛见证着相爱的人绵绵无尽的深情。

雨水温馨着人情的美好。你看，在摇曳着水晶帘幕的路上，谁家的一对新人，正欢笑着走在细密的雨帘中。雨水打湿了新娘的笑靥，仿佛初绽着的迎春花沾着晶莹的水珠。新郎背着藤椅，一丈二尺余长的红色飘带，一头牵着椅背，一头在轻风细雨中跃动，好像一簇红色的火苗。这种雨水节气里"接寿"的风俗，是新婚的女儿带着夫婿回家省亲，飘拂的红色长带，是献给父母最美的礼品，寄予着长命百岁的祝福和新年红红火火的希冀。父母则回赠新人一把美丽的花伞，祈望在岁月的风雨里，为孩子撑一方蓝莹莹晴朗朗风和日丽的天空。

一夜和风落万丝，雾光浮瓦碧参差。细雨湿衣看不见，浅草出土着新衣。细雨无声，喜雨多情。捧一掬清亮亮甜滋滋的春雨，拥抱一个喜盈盈新崭崭的春天。

# 惊蛰，生命最美的涅槃

"一声惊雷万蛰醒，忽去温巢动离情。红尘陌上风烟重，涅槃重生踏春行。"历练着隆冬的酷寒，承受着黑暗的煎熬，舔舐着孤寂的伤痛，随着彤云深处隐隐的雷鸣，那些蛰伏的生灵们，在仲春，终于涅槃了新的生命。

它们，有的蜕变为翩翩的蝴蝶，在花丛柳丝中结对缠绵，似乎在演绎着那段千年爱情的凄美；有的出落成憨憨的青蛙，独坐池塘，养神柳下，"春来我不先开口，哪个虫儿敢作声！"有的卑微依旧，一虫、一蝉、一蛾……却热热闹闹地忙碌着，在春和景的韶光里，经营着自己生命的欢乐。

于是，斑斓的色彩，翩跹的丽影，轻盈的婆娑，缤纷出一个有声有色的烟花三月。

多么惊艳的生命奇迹！多么美丽的生命涅槃！

为了这生命的春天，在寒凝大地的日子里，生灵们蛰居地下，黑暗漫漫，饥肠辘辘，度日迟迟，身枯心槁，却无比坚强地作生命的坚守。每一丝细微的天籁，都是它们执着春天的歌谣；每一缕微弱的光线，都是它们热爱生命的阳光。"子规夜半犹啼血，不信东风唤不回。"

信心，坚守，让蛰伏的生灵凤凰涅槃，诞生神奇的生命，装点菁菁的自然，美丽勃勃的春光。

趟过四季的轮回，有春花秋月的美好，也有山寒水瘦的萧瑟。当人生的途中"云横秦岭""雪拥蓝关"，我们能否如小小的昆虫，作生命无畏的坚守？

故天将降大任于是人也，必先苦其心志，劳其筋骨，饿其体肤，空乏其身。有志者事竟成，破釜沉舟，百二秦关终属楚；苦心人天不负，卧薪尝胆，三千越甲可吞吴。

信念不落，执着坚忍，蛰伏于冬，却做着春天绿油油的梦想，静候春雷第一声，凤凰定会涅槃，破茧终将成蝶。

然而，并不是所有的昆虫都喜欢冬眠，毕竟，三个月寂寞黑暗的等待，足以压碎它们脆弱的筋骨，绝望它们生得渺茫的欲念。于是，当大雪纷飞，万花纷谢，苍蝇的尸体，不总是乍然横陈吗？

因此，当暴风雪骤然肆虐着我们的人生，也是在洗礼着我们的精神。"梅花欢喜漫天雪，冻死苍蝇未足奇。"在岁月的坎坷中有颓然倒下，一蹶不振的苍蝇般的懦弱，更多的是迎寒斗雪，盎然怒放的梅花一样的坚强。

# 春分，自然中最美的中庸

"风雷送暖入中春，桃柳着装日日新。赤道金阳直射面，白天黑夜两均分。"立春渐深，雨水已盛，万蛰复苏，春分，于山明水秀的清朗中，衣袂飘飘，踏花而来。

"春分者，阴阳相半也，故昼夜均而寒暑平"。冬日苦短，寒夜漫漫，在朔气肃杀的凛冽中，阳光的和暖，白昼的明媚，是人们拳拳的等待；而溽暑烈日迟迟地炙烤，高温腾腾地飞升，又让人们对夏夜，滋生许多殷殷的祈盼。

春分却好：昼夜均匀，不偏不倚，仿佛是司法自然的天平，和谐而合度。折中，公允，调和，致中和，合内外之道。

春分，自然中最美的中庸，她阴阳均平的节气特征，深深地根植在传统文化的血脉里，紧紧地契合着民族灵魂中"温、良、恭、俭、让"纯美的情愫。

花开半朵，香愈浓，色更鲜；酒喝微醉，情愈酣，意更浓。云帆饱满，长风破浪中更有樯倾楫摧之忧；缰绳紧绷，疾驰狂奔中总有车毁人亡之患。

"春分时节阴阳半，半分晴明半分夜。人生苦乐应参半，半分功名半分闲。"

追求满月的团团圆圆，也流连新月如眉的诗情画意；憧憬盛春的姹紫嫣红，也沉醉"草色遥看近却无"的淡墨清浅；憧憬人生的幸福如意，也要有一缕落寞失意时暖暖阳光的照耀。

立身中庸，是一种淡泊的情怀。花开固然惊喜，花落却不伤怀。行到水穷处，坐看云起时。坎坷中独善其身，腾达时大济天下。庙堂之高，江湖之远，都是心宇宙里，两个和谐温馨的家。

做人不卑不亢，处事不温不火，追求不屈不挠，心性不疾不徐，审美不偏不倚，良心不愧不怍。

沉溺游乐，则思三驱为度；放纵物欲，则思物极必反；春风得意，则思落魄断肠；养尊处优，则思穷途末路。

"中庸最是春分时，昼夜对半阴阳齐。世事洞明也如此，张弛有度勿偏倚。"春分无语，意蕴有味。扯一缕轻柔柔暖融融的春风，去体悟情深深意沉沉的人生。

# 清明，清风明月共此生

"一夜桃花落万丝，春风化雨万物滋。轻尘涅尽江山丽，天清气朗天地新。"

春夜喜雨，葳蕤了欣欣向荣的繁茂，浓艳了万紫千红的春色，也明丽了一方山明水秀的清新。

明月皎皎，清风浩浩。扯一缕清风入怀，澄澈心宇；揽一抹月色盈袖，芳华岁月。让清风明月，成为生命的风景线上，最飘逸的风姿，最灵动的色彩。

清风明月与共，有重义轻名的君子之风。

在重耳广命天涯的落魄中，天色已暮，行路已穷。饥肠辘辘，气息奄奄。危难时刻，臣子介子推端来了一碗香喷喷热腾腾浓稠稠的肉汤，它拯救了晋公子，也拯救了他复国的梦想。这肉，可是介子推从自己腿上剜割下来的血淋淋的肉呀！晋文公分封群臣的时候，却忘记了往昔的救命恩人。介子推不争，不吵更不闹，而是背着老母隐居绵山，在他看来，重义为立身之本，虚名乃过眼云烟。他和母亲在熊熊的大火中涅槃，却为文公留下一封滴血凝泪的绝命书："割肉奉君尽丹心，但愿主公常清明。"

清明如初，春风依旧。绵山脚下的那抔黄土，也在皓皓明月的朗照中，定格为民族精神的皈依。

清风明月与共，有重节轻利的高士之举。

"沧浪之水清兮，可以濯吾缨。"懿德如月，照耀亘古；清风如水，流过千年。或群居幽篁，偃仰啸歌，冥然兀坐；或采菊东篱，颓然独醉，悠然南山。一阕《广陵散》，沉醉了唐风宋雨；一缕菊花香，浸染了剑胆琴心。

因为怀瑾握瑜，长路漫漫，却将上下求索；铁骨铮铮，不为五斗米折腰；丹心一片，热血谱就《正气歌》；横刀大笑，留取肝胆两昆仑。

鱼我所欲，熊掌也我所欲，二者不可得兼，舍鱼而取熊掌；节也我所欲，利也我所欲，二者不可得兼，舍薄利而取高节。

清风明月与共，有重道轻仕的隐者之节。

举世混浊，众人皆醉，独清独醒，有高处不胜寒的孤寂，有拔剑四顾心茫然的落寞。欲渡黄河，冰凌塞川；想登太行，大雪封山，琴弦拨断，知音渺渺；秋水望穿，佳人难觅。那么，就明朝散发弄扁舟吧！

纵一苇之所如，凌万顷之茫然。从流飘荡，任意东西。眠于芦花被下，醒时晓风残月。清风吹过，耳得之为声；月光洒落，目遇之成色。红尘喧嚣，我修篱于心，种菊于德。一椽茅屋，一杯香茗，一壶老酒，一把竖琴，一脉书香。"桃李春风一杯酒，江湖夜雨十年灯"。栖于桃花源，游在云水间。

"陌上休道起风尘，素心安处即春深。浮名薄利随云散，清风明月共此生。"寄情风月，我心永恒。

# 谷雨，人间最美四月天

"雨频霜断气清和，柳绿茶香燕弄梭。布谷啼播春暮日，栽插种管事诸多。"

清明的雨，洗去了桃红，淘尽了李白，染绿了芳草。随着布谷声声，在天地间清亮亮地啼唱，谷雨，便在花丛柳丝间，浅笑盈盈，盛装而来。

"草树知春不久归，百般红紫斗芳菲。"阑珊的春意，却绚烂着暮春的葱茏：天清气朗，绿柳依依，紫燕呢喃，花团锦簇……好一派芬芳的四月，好一幅人间最美的画卷。

牡丹花开，国色天香，绚丽了花样的年华。

"谷雨三朝看牡丹"。她丰腴的花姿，富丽的花容，馥郁的花香，晕染着花样年华，倾倒了帝王贵妃，惊艳了半个盛唐。牡丹花开，就开得热热闹闹，磊磊落落，大红大紫；就怒放成睥睨群芳，傲然独行的"百花之首"，就出落成如贵妃一样的国色天香。

蘸着谷雨的晶莹，呡着谷雨的清新，于四月最美的时光，牡丹恣意地开着。盛开着富贵，盛开着祥和。"红艳袅烟疑欲语，素华映月只闻香"。自古欣赏牡丹的文人雅士们，或于晨曦晚霞的掩映中，引觞沉吟，看花容如面，对坐心语。或于融融月色的清辉里，花间一壶酒，对影成三人。月也皎皎，花也娇娇；月也盈盈，花也荧荧。

"唯有牡丹真国色，花开时节动京城"。牡丹花香，沉醉了唐风宋雨；牡丹情结，已经深深根植于汉文化的血脉中。

新茶芽萌，翠绿鲜柔，芬芳了葱茏的青春。

"最爱晚凉佳客至，一壶新茗泡松萝。正好清明连谷雨，一杯香茗坐其间。"

谷雨气候温和，雨量丰沛，茶树经过半年冬季的休养生息，春梢芽叶肥硕，色泽翠绿，叶质柔软，滋味鲜活，香气怡人。谷雨时节采制的春茶也谓谷雨茶，与清明茶同为茶中佳品。

唐代吕温有《三月三日茶宴序》："卧借青霭，坐攀花枝，闻莺近席而未飞，红蕊拂衣而不散。"手中之茶"琥珀之色，不令人醉，微觉清思。虽雨露仙浆，无复加也"。

丽人春行，倩影婀娜，人面如花，绰约了四月最美的芳华。姑娘们轻撩裙裾，席地而坐，野外茶宴，别有雅趣。脚下，芳草柔柔，铺展着绿色的地毯；头上，一树花开，点点落红婆娑着飘香的清风。杯底的青青子衿，带着阳春白雪的清冷禅意，安静而深沉，温和而清雅。在袅袅浮动的暗香里，品味至清至洁的谷雨茶，体悟至灵至静的谷雨心。

　　流连谷雨，流连渐行渐远春天的背影；依恋谷雨，依恋人间最美四月天。把谷雨的人事轻轻折叠，挥一挥手，向春天作温婉的告别，款款走向浅浅的夏。

# 浅夏，跟明媚撞了一下腰

与春隔了一件桃红柳绿的夹袄，便疏离了倒春寒的凄冷；与夏离了两层被叫作"小满"与"芒种"的篱落，便是浅浅的夏。她依依地偎依着叶翠绿嫩的滋润，风清月霁的晴柔，世谐人和的恬适，把最惬意最温和最清浅的时光，点缀着叫作"立夏"这个风情万种的明媚。

仿佛轻轻地一掐，那片掩映着天光的叶子，便汩汩地流淌着鲜活的汁液。摇曳在这个时令的绿色，像蛋清一样，柔嫩着青春的心事。横斜的叶脉错落有致，一撇一捺间，草书着岁月的诗行。

浅绿、淡绿、浓绿、墨绿……季候风像一位魔术师，变幻着叶子绿的色彩。蝴蝶们翩跹其间，鲜艳与灵动，便婆娑成一幅明艳的画。

叶底的青蛙们，家族还显得有些冷落。偶尔几声蛙鸣，让这抹闲散的光景，显得更加清静而落寞。也许要等到水蛙、树蛙的合奏，才会演绎出蛙声如潮的盛夏。

杨树的种子，像一条条青色的虫子，婆娑在斑驳的树荫间，惹得公鸡母鸡们馋涎欲滴。它们振翅跳跃着，都想在第一时间，享受着"青虫"的美味；可最终失落的模样，总让人忍俊不禁。

河里的青荇，柔柔地在碧波里招摇，清清的河水，便荡漾起浅浅的波纹。鱼儿们从容地游翔，仿佛在享受着生活的静美。而或哪条不安分的锦鲤纵身一跃，飞溅的雪浪花，便惊起在苇丛里栖息的野鸭，它们亮起翅膀，扑棱棱地隐没在落霞的粉红中……

陌上花开，灿烂铺满一地，缤纷的色彩，让淡黄的麦田，束起条条彩色的腰带。野花恣意地点缀着，如星星，如明珠，如眼睛……野草莓已经成熟，泛着鲜鲜的红晕，那种深深的羞赧，好像被野花们簇拥，是一场很不好意思的艳遇。

褪下春装，姑娘们换上细碎的花裙，撑一把油纸伞，笑语盈盈，暗香款款，那淡淡的笑靥，便醉了写意着烟雨的江南。

于蔷薇架下，品一壶香茗，细数着花隙间漏下的斑驳的光影，便觉得静谧而深沉，温婉而雅致。微风吹过，花香缕缕，不是沁入衣袂，而是浸染心底。

孩子们追逐着柳花，嬉闹着，欢笑着。纯净的童趣，仿佛是一阕天籁，晕染着绵绵柔柔的初夏。

蓝蓝的夜，有花开的絮语，有夜莺的啼唱，氤氲着光阴的故事。锦簇的花海，像一围温馨的摇篮，摇晃着绿的葱茏，安眠着夏的沉醉。

　　轻轻地走进浅浅的夏，小心捡拾着美好，翼翼地，不落下一片云彩。

# 小满，浸染在生命灌浆的麦香里……

当虞美人浅淡的花色举起玲珑的金钟，当木香花撒满一地洁白的芬芳，布谷鸟，便扯起清亮亮的嗓子，在欲滴的葱茏中，啼唤着"小满"的归来。于是，黄澄澄的麦浪便滚涌着白花花的阳光，清淡淡的麦香氤氲着蓝莹莹的碧空。

"小满天逐热，温风沐麦圆"。艳阳、暖风、雨水，催促着小麦拔节，抽穗，扬花，结籽。日渐鼓胀的麦穗里，麦浆发酵着香甜的滋味。"小满三日望麦黄，小满十日满地黄。"小满，便浸染在生命灌浆的麦香里。

农人们虔诚的对麦田的守望，层层金黄的麦浪，缕缕馥郁的麦香，声声布谷的啼唱，连同深深的丰收的喜悦，像蜜饯一样，在麦香村汩汩地流淌，沉醉了红红的五月。

忽然想起又一个麦田守望的故事。

也是小满的节气吧，麦浪滚滚，麦香沉沉，南风吹过，送来孩子们银铃般脆脆的笑语，洒落在地上，暖暖的，如跌落一地的阳光的明媚。他们取几片麦叶，折叠成哨，布谷鸟便有了应和的知音；采几朵野花，装扮成蝶，阡陌上就多了几分缤纷与灵动。像一只只叽叽喳喳的小鸟，孩子们自由奔跑，恣意游戏，尽情享受着如麦香一样清纯的童真的美好。

麦田一隅，便是阴森恐怖的悬崖，麦田的守望人，像一位威严的哨兵，专注地看护着每一个孩子，让他们的生命，在灿烂的阳光下和麦穗一起灌浆；让他们的生活，像陌上花开，盛开着动人的色彩。

这位麦田的守望人，仿佛就是自己。

麦浪从青到黄，麦香从淡到浓，麦子收割了一茬又一茬；孩子从小到大，晓事从少到多，学生送走了一届又一届。学校犹如麦田，孩子们徜徉其间，像追逐着蝴蝶一样追逐着自己的梦想；像采摘着野花一样采摘着知识的绚烂；像麦穗灌浆一样，在智慧的阳光照耀下，成熟着自己的思想。然后，在求学"小满"的季节，抽穗，扬花，结籽，在六月七、八、九的日子里，于麦香浓郁中完成学业的涅槃。

而像我一样的育人者，在作麦田神圣的守护，不会让一个孩子，于生命最美的年华，跌落在道德的悬崖。

其实，社会也是一块麦田，芸芸众生，便是嬉闹其间的孩子。为了这片麦香村清纯着自己的清纯，美丽着自己的美丽；为了这里的孩子欢乐着自己的欢乐，幸福着自己的幸福，就需要更多的麦田守望人，矗立崖畔，深情伫望，于风吹麦浪的旖旎里，把自己站立成真善美的雕像。

挥汗生命灌浆的小满，去收获充盈、祥和、美好的人生的丰满。

# 一椽烟雨煮新梅

也许是芒种的节气里梅子酸味太浓，那些萦绕在她青枝绿叶间的云气，总被熏染得泪水涟涟，倾洒绵绵。这不，一场黄梅的雨，又把烟雨迷蒙的江南，缠绵成恍惚迷离的浅夏的梦影。

梅雨也好，且把芒种繁复的农事折叠，于细雨不疾不徐地飘落中，细细咀嚼"浮生偷得半日闲"的恬适。

梅还是酸的，可被梅浸染的雨，却是甜的。雨水越繁密，蛙声便越稠密。"黄梅时节家家雨，青草池塘处处蛙。"好像是在蜜饯中淋漓地痛饮，青蛙们酣畅着喜悦的合奏，那潮起潮落的跌宕，感应着时疾时徐的雨的抑扬。

一椽茅屋，静卧池畔，于蛙声中默默；淡青的天色，把它掩映成一幅水墨的画。屋内，气霭袅袅，梅味淡淡，火炉烈烈。主客对坐，轻敲棋子，边喝着酸梅的茶水，边在棋盘的黑白间腾挪。人事的白云苍狗，世味的酸甜苦辣，岁月的悲欢离合，仿佛都被绵绵的梅雨洗去，黑白的世界之外，便是萦绕于齿颊心海间黄梅的淡淡的酸。

生活的况味如黄梅，于酸酸的苦涩里，也能体味出丝丝的甜味。

就如这阴郁的雨季，茅舍里飘来的朗朗的笑语，跌落在青草间，便点染鲜鲜的葱茏；消融在池塘里，便荡漾浅浅的绿波；粘黏在雨线里，便是这般柔婉如江南女子的轻唱。

风儿吹过茅檐下那扇窗棂，紫风铃便会深情地歌唱；蛙声穿透那抹绿色的窗纱，檐下的紫燕，便会在暖暖的窠巢，款款地呢喃。

落雨的日子，天晚得就早，一串鹅黄色的灯苗，让茅屋的墨色渐渐昏黄起来。主客间对弈已毕，在淅淅沥沥的雨声中酒已沉醉。红红的脸却被灯光染成灿灿的梅黄。女主人还是在锅灶间径自忙碌着，孩子却紧攥着几颗黄梅，甜甜地睡去了。

且把这温柔的时光轻轻挽留，唯求人事如梅，酸酸中有淡淡的甜味；唯愿光阴如这绵绵的梅雨，于纷扰与繁杂中，给人以片刻的宁静与诗意。

# 夏至，憩一方心灵的清凉

一入夏至，太阳便扯下温情脉脉的面纱，变成一只喷着热浪的火球，热辣辣地炙烤着大地，燥热、浊汗、烦闷……好像打开了潘多拉的盒子，这些高温的魑魅，肆意蹂躏着人们的身心，昨天春和景明的晴柔，仿佛一夜间落入炼狱的苦难。

让我们一起，寻一处光阴的静好，憩一方心灵的清凉。择一席榆荫，于一个晴好的晌午，让身心沐浴一次浓绿的浸染。或品一杯香茗，或读一卷诗书，或弄几声丝竹……跌落一地的斑驳的碎影，是杯底轻泛的丝丝缕缕，诗行里漾起的平平仄仄，还是琴弦间跳跃的五线曲谱？

风过处，荷香盈袖。莲叶接天，掩映着翠碧的晴光；荷花映日，红红的，如姑娘羞赧的笑靥。几只白鹭，栖息叶畔，点点纯粹的白色，仿佛是一袭素衣的凌波仙子。

几声莺啼，柔柔地，从树梢滑落，飘进荷塘，便漾起一层清清浅浅的波……

夏至的夜晚，总被如水的月光浸满。约二三好友，携一壶老酒，于临水的茅舍，品酒听蛙，也是清幽的佳处。

也许是对蛰居广寒宫里那只蟾蜍的膜拜吧，随着月亮的升起，月光的丰盈，蛙声便格外响亮起来。呱——呱，呱——呱……青蛙们仰首望月，四足跪拜，虔诚地拉起夏夜的协奏。忽高忽低，忽疾忽徐，忽止忽续……在月光的漂浮间，澎湃着情深义重的蛙声的潮。

倾听这人间最美的天籁，我的情感，随着蛙声的抑扬而跌宕。人事的沧桑，红尘的纷扰，流年的酸甜苦辣……在这如潮的神曲中醍醐灌顶，连同氤氲着夏夜的这抹月色。蛙声，款款走进岁月的静美。

若是落雨的日子，便戴好箬笠，披上蓑衣，驾一叶扁舟，"偷得浮生半日闲"，在斜风细雨中做一位闲散的渔夫。

密集的雨线，把远山迷蒙成一幅水墨的画，却在船头，织着一朵朵莹莹的花。只需撒几次网，船舱里便满是蹦跳的鱼儿。随意抓几条，让同行的好友煎烧，小船的乌篷里，便弥漫着浓浓的鱼香。

鱼肴已尽，酒杯已空，落在船篷上的雨声，却越来越响。仿佛是催眠的曲子，满船的人已在沉沉的酒意中睡去，任船儿如叶，飘进芦苇的深处……

心若安好，夏至，便有满满的清凉。

# 浓夏，与自然的精灵们共舞

　　仿佛是一位慈眉善目的长者，大自然总是善解人意，恪尽着人事的和谐：春天洋溢着繁花似锦的明媚，秋天点缀着落木萧萧的疏朗，冬天写意着银装素裹的淡雅。而在浓夏，那些鲜活动人的精灵们，或翩跹天地之间，或灵动人海之中，把溽暑的燥热与烦闷，诗化成甜甜的童年最美好的记忆。

　　缤纷的蝴蝶，总是用瑰丽与明艳，在夏天里下一场七彩的雨。姑娘们一袭细碎的花裙，轻罗纸扇，在迷离的蝶雨中追逐着脆脆的欢笑。栖息在长发间的蝴蝶夹，在袅袅的南风中轻轻颤动，临风欲举地飘逸，招引着蝴蝶们婆娑发畔，翩跹起舞。花枝招展的姑娘们，仿佛就是一只只美丽的蝴蝶，穿梭在花丛柳丝间，绚烂了热浪滚涌的夏。

　　雨前雨后，墨色的云总是低低地流动着，云缝里时时漏下丝丝缕缕的凉风，让红蜻蜓翔集成一抹抹红红的云彩。飘拂在原野的翠绿与天空的淡青之间，惹得孩子们追逐着，嬉闹着。他们有的拿起竹筒做成的水枪，把蓝莹莹的水雾喷洒在飘忽的红影中，蜻蜓们如纱一样薄薄的膜翅，就更加洁净而透明；有的抢起扫帚，梦想着竹枝与竹叶的巨掌，能像如来一样，罩住顽皮的孙猴子，可是，扑住的往往都是空。大人说，蜻蜓们是有灵性的，她们是下凡的仙女，你看，那临风飘舞的姿态，多么像皓月下飞天的仙女们的飘飘衣袂？

　　夏天越闷热，知了们就唧啾得越热闹。"热死了，热死了"——这些踞卧枝头的"玄鬓公"，总是扯着嗓子，重复着单调的夏的沉吟，时疾时徐，时抑时扬，此起彼伏，不肯间歇。仿佛要把夏燥热的情绪，渲染到极致。孩子们就会顶着烈日，手把长竿，竿的顶端或套着一口纱网，或粘着一团面筋，总能把在歌唱中陶醉的知了"请"入笼中。孩子们只想把知了的吟唱带回家里，近距离好奇地聆听，可闹着情绪的知了们总是一声不吭。直到孩子们无奈地打开笼口，它们就边愉快地鸣叫，边迅疾地窜向丛林的蓊蓊郁郁中……

　　夏夜总会被如潮的蛙声淹没。萤火虫惊醒了，就三三两两，或前或后，提着绿幽幽的灯笼，池塘边、树林里、稻田中……悄悄地逡巡着。斑斓的星辉倒映在镜面一样的水中，水面上游弋的萤火虫，似乎找到了新的朋友，便熙熙攘攘地聚拢过来，仿佛要举行一场隆重的水上相亲的盛会。

　　就让这些夏的精灵们，飘舞着她们的轻盈，啼唱着她们的

苦乐，悸动着她们的梦想……于滴滴汗水的涩涩中，把漫漫苦

夏，轻轻地化解。

# 多情最是港城雨

在海一方，有一片神奇的土地，那里海连着山，山连着海，很古远的时候，祖先给她起了一个好听的名字——瀛洲，和"蓬莱""方丈"并誉为三个仙界。造化入仙，许多的美丽与神奇，便缤纷成境，幻化成诗。港城的雨，便是玲珑万象里最瑰丽的精灵。

港城的雨最多情，最富有灵性。

七月的大地，像烘烤在火炉中的一块烤盘，簇拥其上的庄稼，茎干和叶脉中的那点水分，已经被蒸发得所剩无几，她们像失血的病人，耷拉着脑袋，在烈日的摧残下奄奄一息。人们躲藏在居室里，树荫下，池塘边……在炎炎与燥热中挣扎。

这时候，黄海里就会滚涌起一大抹乌云，在东风强劲的催促下，挥师西下，轻灵地从云台山脉的脊梁缓缓攀越，当她们顺坡而下，滑向平原的时候，已经变成晶莹剔透的雨，洒落在港城的街道、乡野、河道……干渴的庄稼，像饱吸着母亲乳汁的婴儿，在翠翠的绿色中兴奋地招摇着身姿，充沛的雨水浸润着她们的全身，滋补着她们的养分，绿色的血液就重新充盈着她们的身心，脆生生、鲜亮亮、活泼泼……弥望的田畴，就成了庄稼们欢呼、雀跃、生命力尽情挥洒的乐园。

而被烈日炙烤的人们呢，在雨水飘落之后，纷纷从空调间浑浊的空气中走出来，晶莹的雨水洗涤着弥漫的尘埃，让雨洗后的城乡，如水晶一样纯净。田野的绿色倾吐着新鲜的空气；在雨水中刚刚沐浴过的鸟儿，唱着欢快的歌谣；南风吹过，送来花香的馥郁、河水的清凉，荡涤着他们的身心；五脏六腑，仿佛在洁净的雨水里润过一样，和着白杨树哗哗地歌唱，大自然的一切，都在歌咏着港城雨季的祥和。

好雨知人情，众望乃发生。港城的雨，不像南方的雨泛滥，一到夏季，一股脑地倒下，倾注不停，那淹没一切的态势，惹引得江水咆哮，山峦崩摧；港城的雨，也不像北方的雨来得那么吝啬，仿佛是杨朱学派的徒子徒孙，洒一滴利天下不为。大地龟裂，庄稼枯死，弥望的是苍黄与枯萎，所有的生命，在热浪的席卷与高温的蒸烤下，垂死如涸辙之鲋。

港城的雨，只需那抹海的云朵，翻过那片山的逶迤，就会淅淅沥沥，温情落下，滋生灵，润万物，度众生。然后，那朵雨做的云，就款款地绵延东进，攀越花果山，收敛起滴落在天地之间的诗行，遁入海的深处……

港城的雨，最神奇，倾洒着迷人的风姿。

这种神奇，不仅仅是她总是飘落在最适时的时令，最紧要的节点，人们最祈盼的时候；更因为在迷离的雨水中，诞生的一个个迷离的景致。

当飘过花果山的那抹云影，氤氲成雨，一条晶莹剔透的水帘，就把那口演绎着神话与传说的山洞，分割成两片生动的世界。帘外，繁花似锦，硕果飘香；帘内，笙鼓和鸣，彩旗飘飘。洞中光阴短，山上日月长。齐天大圣，正在这洞天福地里，修炼着自己深不可测的道行。

船山瀑布，在雨的渲染下，飞琼泻玉，把亮灿灿的银河，倾注成一首亮灿灿的诗，挂于天地，唱贯古今。白花花的阳光穿透白花花的飞练，便幻化成赤橙黄绿青蓝紫七色的瑰丽，绚烂着青黛色的山岚。

渔湾的水也涨了，肃穆的山峦，就增添了些许灵气。蓝莹莹的那片水，倒映着蓝莹莹的那片天，天地澄澈，仿佛是一块水乳交融的水晶。掬一口清亮亮的水，有雨的甘冽，有雨的柔绵，有雨的芬芳。

雨水的晶莹，也孕育着水晶纯净的品质。那片莽莽苍苍的原野，承接着雨水千年的洗礼，雨水的神奇，点化着藏身黄土之下的一块块顽石，让她们演绎着一章章化茧成蝶的故事；于是，她们出落成一个个冰心温润的女子，从沉睡中醒来，走出地面，绰约成玲珑的东海玉女，明眸善睐，顾盼神飞，惊艳世界……

港城的雨，最有生气，弥漫着盎然的诗意。

夏天有雨的日子，男孩子们就光着身子，嬉闹着冲进那层密密的雨帘，雨水洗发，酥软软；雨水入口，甜滋滋；雨水润身，凉飕飕。姑娘们就撑着花伞，撩起裙裾，在轻柔的风和细密的雨中，采撷着雨的纯洁，雨的灵秀，雨的温柔……斑斓的花伞，滴落着雨的诗，轻轻落下，又化成一缕缕浅浅的叹息。

　　孩子和姑娘们采撷的雨，凉风吹过，就像陌生的朋友，悄然走远了；而有些让雨水浸染的文人们，却总是让雨水贮存于心田，萦绕在脑海。他们总是在每一个飘雨的夜晚，伫立窗前，听风，听雨，听自己的心跳，任丝丝的雨水撩拨着烂漫的情思。于是，就有了"夜来风雨声，花落知多少"淡淡的轻愁，"渭城朝雨浥轻尘，客舍青青柳色新"浓浓的离情，"小楼一夜听春雨，深巷明朝卖杏花"长长的思绪，"而今听雨僧庐下，鬓已星星也"深深的怅惘……雨水积淀着诗情，诗情发酵着唐风宋雨，浸入肌骨，沁人心脾，血浓于水。于是，每一根雨线，就这样牵系着每一位炎黄子孙善感的神经，仿佛掠过花果山岚的那片云朵，悠悠千载，却总是拥抱着一颗雨做的心。

　　今夜有雨，且收起这些湿漉漉的记忆，去拥抱港城多情、神奇、诗情勃发的雨吧。

# 一点秋思落心湄

当一点秋思落入心湄，当一叶翠黄飘进秋海，一缕淡淡的清愁，便随一抹残霞，在世事的心河里轻轻荡漾开来。

一袭西风袅袅，一抹苇叶飘雪，一声芦笛轻唱。在水一方的佳人，如渺渺水涘的一叶苇花，缓立成秋水的清寒。相思莹莹如白露一颗，晚秋的萧肃，却把她郁结的衷肠，凝结成薄薄的清霜。雾霾沉沉，河道弯弯，心儿摇摇：韶光易逝，岁月已秋，落寞人情归何处？如蒹葭一样青春拔节的心事，是否真的已经于秋寒霜重中一天天的枯黄？

一枚黄叶，如翩翩的蝴蝶，把长亭婆娑成斑驳的背影。古道漫漫，西风萧萧，马儿迟迟，人儿迟迟。酒杯已经和泪眼一样干枯，柳条却如佳人的纤纤素手，萦绕着远行人踽踽的行囊。四围山色中，一鞭残照里。荒村雨露，野店风霜，从此，断肠人在天涯。唯见霜林如醉，浸染着离人白露一样凄凄的清泪。

羌管悠悠，浓霜满地。孤城一片，群山逶迤。绵绵关塞外的笛音如泣如诉，吹落成梅花的凋零，将军白发撒落着乡思的种子，却生长成满地冷冷的清霜，任沉重的叹息，敲碎温馨的梦乡。

寒蝉凄切，唧啾着晚秋的忧伤，古琴流淌着《雨霖铃》的清音，佳人却再不能红袖添香，任含泪的双眸，粼粼如秋水般荡漾。今宵酒醒何处？唯见秋月弯弯，如玉簪一支，悄悄斜插着梦中人如柳丝一样飘曳的发畔。

一缕月光，氤氲着桂花如瀑布一样的浓香。每当绿玉枝头，金蕊摇黄，暗香就泛滥着百结的愁肠。一阕红楼，承载着多少相思的春梦，醒来却依然一枕苍凉。任清瘦的背影，悄悄掠过陌生的浮梁。唯听，一夜寒蛩不住鸣；唯见，雁顶青天字一行。家的灯光明灭着寒星几点，归来却零落成生死茫茫，任归路弯弯，像梦一样悠长悠长……

# 银河，一条最美的相思河

　　一条最美的相思河，盈盈地流泻在天际，依依地闪烁在星海。鹊桥温情柔软的墨羽，总在每年的七夕，牵惹着几多爱情的浪漫，氤氲着一段幸福的佳话，承载着万千少男少女虔诚的膜拜。感动天地，绝唱古今。

　　因为经年的别离，一夕的相聚才如此弥足珍贵，荡气回肠。

　　因为真情的守望，才能在三百六十四个清浅的日子里，发酵着今晚金风玉露一样的洁净与清凉。

　　牛郎织女能把千古的爱情演绎至天上，源于那份超脱于凡尘的爱的崇高。

　　七夕的夜晚能成就爱情的佳节，更源于被银河淘洗过的如秋夜一样澄澈的爱的纯洁。

在离别的日子里，织女醉心于机杼，一匹匹素绢，如银河的碧涛，在她的面前款款铺展。耳畔，却不时聒噪着来自人间的嗟叹："黯然销魂者，唯别而已""相思相望不相亲，天为谁春？"……她淡淡地一笑，却灿烂成亮亮的星辰。天风轻轻地把它们吹走，如织女轻轻地抛弃残落的余丝。

青青的碧草，葱茏着岁月的生机。牛儿徜徉其间，慵懒地咀嚼着鲜美与甘甜。渴了，饮一口银河的水；倦了，听一听远方天鸡的鸣叫。牛郎仰卧着一抹嫩碧，看星星如萤火虫一样在眼前扑闪迷离，心里盘算着该做一只笼子，抓几颗星星进去，便是养着萤火虫了。等鹊桥相会的那一天，襁褓中的儿子便沐浴在星辉的照耀下了……

风儿吹过，银河便传来绵柔的波响，仿佛为隔岸而居的人儿，传递着他们柔柔的怀想。

是啊，相见不如思念。真爱在，夫妻离散的日子，便是蕴集真情，滋长相思，心生美好最幸福的时光。

在天庭，牛郎织女每每俯视人寰，却络绎地上演着貌合神离的"花好"、同床异梦的"月圆"、黄金牵连的姻缘、白纸黏糊的感情……难怪七夕的美好，宋代的那位词人却发出"金风玉露一相逢，便胜却人间无数"这样深沉的感喟！

银河，一条最美的相思河。她用晶莹与澄碧，清洗出一段纯洁的爱情的神话，让人间仰望成岁月的经典，却根植于每一颗真爱的灵魂。

银河，一条最美的相思河，与鹊桥月依星偎的柔曼中，漫溢一泓守望的深情，吟诵一阕真切的诗话。执着成爱情的雕像，矗立在银河之畔，鹊桥之上，让千百年来千万双眼眸深情地瞩望……

# 小镇的秋

    小楼一夜听雨，清晨起来，窗台下已堆积厚厚的一层黄叶，湿湿的，像一枚枚不慎落水的名片，阅读那一条条横斜有致的叶脉，我知道，秋，的确已经悄然来临了。

    与我毗邻的小巷，已经没有夏日的喧闹。那些摇着蒲扇，在巷口纳凉的老头老太们，被这场秋风秋雨，淋落得不见踪影；只有小巷深深，还像原来一样，默默地绵延着亘古不变的诗行；可是，黛黑色墙壁上一串串凌霄，已经零落成满地红雨，为小巷铺了一层绯红的地毯；而牵牛花的蓝朵，却开满瓦沟墙畔，花的喇叭浸着水珠的晶莹，传递着秋的消息。

    李汝珍故居的一隅，树龄已逾200岁的皂角，已经把刀形的果子，缀满树的枝头。秋风吹过，落叶飘飘，在天地间拉起翠黄的帘子；黑色的刀一样的皂角，就噼噼啪啪地在帘幕间坠落。这个时候，镇上的姑娘们，就会提着竹篮，背着柳篓，成群地前来捡拾皂角。她们会把皂角调弄得像化妆品一样精致。小镇不少姑娘们不喜欢用买来的洗发品，在姑娘们看来，不管它们包装得如何精美，名字如何好听，都不会改变它们化学的属性。皂角却好，纯天然的护发，从古至今，它洗黑洗亮了小镇多少姑娘们飘逸的青丝！

西顾巷里汪家大院的菊花开了，黄得像霞，白得像玉，紫得像琥珀……把整个院子，渲染成一片七彩的世界。汪家大院出了"汪氏五魁"，在20世纪30年代，也是一个菊花盛开的秋天，他们离开了父母，告别了小镇，外出求学。临行前，母亲含着泪水，为每个孩子胸襟前别了一枝刚刚摘下的，还带着露水的菊花。从此，这些开放着母爱的花朵，总是在每一个难眠的秋夜，摇曳在兄弟五人的脑际、心海……当他们白发如银，回到小镇寻根的时候，就紧紧偎依着大院里那一丛丛如蝶一样烂漫，如霞一样绚丽的菊花。西风袅袅，乡思无涯……如今，斯人已去，只有菊花浓香依旧，美丽如初，每一丝秋菊的花瓣，都在讲述着一段古老的故事。

这个时令，最惬意的事，莫过于在周末的闲暇，提一支长竿，携二三好友，在古盐河的碧波里，垂钓秋的恬静与闲适。小镇曾因盐业的发达，一度成为淮北盐都；这里的盐义仓，曾是海属最大的盐业集散地。兴盛的盐业给河水起了一个好听的名字——盐河；盐河，也成为小镇盐业运输，流通南北的枢纽。往事如烟，昨日舳舻绵延不再，今天前来拜访的，却是蓑衣斗笠垂钓客。

河水悠悠，朝阳脉脉。清澈与澄碧，写意着秋的韵致。这里水阔流急，是垂钓的天然渔场；秋日水静流缓，更是下钩最佳时令。收获的鲫鱼最多，但运气好的时候，也能钓到肥硕的鳜鱼。晌午的时候，我们就在河岸搭起简易的锅灶，舀一锅清清的盐河水，点燃从旷野里捡拾的豆叶豆根，把鱼儿清理干净，往锅里一扔，约莫一袋烟的时间，一股浓烈的鱼香就扑鼻而来。洁白的鱼汤滚沸着洁白的鱼儿，直惹得我们馋涎欲滴。摊开地毯，倒出酒儿，盛来鱼汤，加点佐料，秋的野炊便开始了……

一朵枯黄的落叶，像一只婆娑的蝴蝶，飘落在我的脸上，让我从酒的酽酽的醉里醒来。柔柔的秋草抚摸着我，酥酥的，痒痒的，仿佛在为我做深情地按摩。蝉鸣已经融入泥土，蛙声也从稻花香中消失了。几朵白云从头顶缓缓飘过，天空就显得更加湛蓝而深邃。南归的大雁，排着人字形雁阵，鸣叫着出没在云的舒卷中……

与盐河毗邻而居的，是秋园。由民国时期主持盐政的风云人物缪秋杰倡导修建，一度显赫为苏北最大最富丽的园林。这里最美的景致，是"秋海观菊""秋风赏桂""秋水弄舟"——也许这正是"秋园"得名的来由，却在抗战中毁于兵燹，如今仅剩下残桥半座，死水一潭。几只白鹭，恣意地在池塘旁觅食，点点纯粹的白色，恰似秋的感叹号。

静静伫立在小镇的深秋，自己仿佛便是一只闲散的野鹤，不必匆匆寻找回家的路，心如一池秋水，身似不系之舟，在秋色的晕染中化作一丝晚霞，空灵着小镇秋的意象，于无意中让看风景的人细细地品读。

# 古盐河的秋

邂逅古盐河的秋，是一场美丽的奇遇。

秋日的阳光，明艳得如耀眼的银箔，撒落在弥望的秋的翠黄中，轻漾着柔波的古盐河的水，便在晴光的掩映里，如白花花的盐巴，散落在河的蜿蜒中，这条穿越千年、横贯南北、绵延四百里的河流，便像一条流淌着盐的河了，但这并不是她得名的由来。沿着古海州城里的蔷薇河，漫溯南下，不过二十里，一座很不起眼的小镇，却因为在历史上濒海产盐，一度成为苏北的盐都。那个时候，小镇青春年少，鼓胀着生命的活力。她要把满满的能量，辐射周遭。于是，唐垂拱四年秋（公元688年），秋阳也和一千多年后的今天一样，白花花地撒落着耀眼的碎盐。一条流通经济的脉络，便在泪水汗雨中，南北勾连了。从此，这条转运淮北盐业的生命的枢纽，便拥有一个好听的名字——盐河；古盐河也在帆的厚密的云影里，成就了一段历史的辉煌。

中秋的月，从桂树的枝头冉冉升起；皎洁的月光，便浸染着浓浓的桂花的香味，在小镇漫溢开来。这个时候，像玉带一样绕城而过的古盐河，橹声欸乃中，便会从苇丛中摇出几叶扁舟，在粼粼的，像盐一般浮光跳跃的波里从流飘荡。李汝珍携妻兄许乔林、许桂林，总喜欢在古盐河柔柔的波里，享受清风明月的美好。河水汤汤，琴韵悠悠，沉寂在水里的几点渔火，隐约是几瓣零落的花朵；水中的那轮明月，像镜子般荧荧地回射着月光的澄澈。"人生多无奈，镜花少结缘"，也许眼前的景象触动了李汝珍善感的心灵，他迎风吟诵，对月感怀。古盐河的水，发酵着人间喜怒哀乐、美善丑恶，让人情的冷暖沉淀着清清的秋水，让人性的美好浸润着皎皎的月光。当李汝珍从古盐河回来，一部旷世奇书《镜花缘》，就在这位乾嘉才子的脑海里，依稀成影了。

古盐河，一条流淌着文人灵感的河；古盐河的秋，让中国古典文学收获又一个丰硕的季节。

一艘画舫，在袅袅的秋风里，沿着古盐河扬帆北上。河水从李汝珍停泊的小舟旁缓缓流着，不觉间已经流淌了整整一百个春秋。"民国"二十年，被当时中国盐务界誉为"四大金刚"之一的缪秋杰，来小镇主持盐务，也许他的名字里有着"秋"吧，在他调任江苏淮北盐务稽核所经理短短的几年间，为已趋凋敝的盐业，带来了又一个收获的秋天：小镇"盐池汇宝"，让曾经的淮北盐都"岁产百万金钱"；疏浚运盐河道，以古盐河为主动脉，在小镇腹地疏通几条"驳盐支河"，盐运水系更加发达；毗邻盐河，建成了淮北第一名园——"秋园"。

秋园最美的景致在秋。茅亭、茶亭、景陶亭，像三颗珍珠，熠熠地偎依在古盐河畔。"秋水弄舟""秋分赏桂""秋海玩菊"，是秋园因河而设的最怡心、最赏目的内容。荡舟秋水，在悠悠的流水与脉脉的斜阳中弄舟唱晚；品茶秋桂，在万籁俱寂中倾听桂花飘落簌簌的轻响；菊海寻秋，更在菊花七彩的绚烂里体味秋诗意勃发的韵致……

汩汩盐河，默默流逝；古盐河的秋，就在水涨水落的平平仄仄的韵律里，见证着小镇的荣辱与兴衰。

多少年过去了，于今，秋园的繁华富丽不再，她早已在抗战的兵燹中成为焦土。然而，当又一个秋应约而至，当我在古盐河畔寻找昨天的记忆，淹没在翠黄枯叶里的一块石碑，却再一次让我心生感动：这是一块由清末举人汪乐安手书的"去思碑"，上面镌刻着四个大字"泽被淮甃"。秋风依旧，斯人却永远不再回来。和秋园一样，小镇因盐业的东移而辉煌不再，回归了本来属于她的朴素与淡泊。可是，当我们在秋夜，去古盐河聆听秋水拍岸的轻响，好像又在温习那年复一年的，祭奠小镇巨擘们的歌谣。

# 校园的秋

　　绵延三天的细雨，洗去了浅秋的烦闷与燥热，送来中秋的清凉与润爽。清晨，推开窗棂，却见露水已经把玻璃湿透，从校园吹来的凉风，飘来浓浓的桂花的香味，几朵翠黄的叶子迈着翩翩的舞步，轻盈地落在我的枕边——哦，秋，已经越来越深了。

　　晨曦，染红了教学楼畔，此起彼伏的晨读声，像潮水一样，浸漫着校园的一草一木，也感染着栖息在广玉兰肥阔叶子里的鸟儿们，她们婉转地鸣叫着，水汪汪，清亮亮，喉咙好像浸晕着湿湿的秋露。

　　下课了，七彩的人流律动着校园的晨光。静谧的校园沸腾成快乐的乐章，婉转成活泼明朗的秋的韵致。孩子们有的在画廊里捧书早读，秋风吹过竹林，沙沙作响，应和着书声琅琅；婆婆的绿色，让秋的早晨蓬勃着盎然的生机。有的三三两两，穿行在桂花柿树之间，浓郁的花香浸透他们的衣袖，暗香盈盈，如花的笑靥掩映着红红的柿子，一起灿烂着醉意沉沉的秋。

雪松下起了松针雨，英才路上铺了一层绿色的地毯。打扫卫生的同学们，挥舞着扫帚，随着唰唰的声响，灰白的水泥路面，就掀开一层层绿的浅波。"板中二女杰"披着洁白的圣衣，浅浅地笑着，深情地凝视着孩子们融着秋色的身影。

上课铃响了，活泼的校园一下子像国清禅寺一样凝重。这座落成在宋神宗年间的古寺，距今已逾千年，却像一位慈祥的老人，一直呵护着校园的成长。20 世纪 30 年代的一个深秋，牵牛花的蓝朵已经把寺院的后殿萦绕得秋意深深。海属地区的第一个中共地下组织，就在秋的苍茫中成立了。从此，革命的力量，就如秋风扫落叶一样，荡涤着恐怖的白色阴霾。从那条落英缤纷苔痕斑驳的小路，走出了一批又一批共和国的精英。如今，不管他们身在何处，漂泊何方，这座在硕果盈怀的金秋，收获着绚烂与辉煌的百年名校，总是他们情感的根，思念的源，魂牵梦绕的一块最圣洁的土地。

这个时候，校园里最灵动的色彩，往往定格在后操场那片红绿相间的一隅。穿着各色运动服的孩子们，在教练员的指导下，进行着各种项目的锻炼。"天高云淡，望断南飞雁"，孩子们矫健的身影，如雄鹰搏击着长空，如鱼儿跃动着清清的秋水。

午休，校园一片沉静，沉静得如同月亮掉进沉沉的秋水。

鸟儿却耐不住寂寞，她们雀跃在芳菲亭的檐角，穿梭在桃李园的池边，呢喃软语中，仿佛在告诉人们，她们才是校园秋天的主角。

但这毕竟是鸟儿们的臆想。当铃声悠悠，书声再起，鸟的身影，连同她们脆脆的和鸣，都一起消逝在秋草翠黄的背影里。

孩子们在专注地听老师们授课，目不转睛的双眸，似一颗颗被秋霜打得紫黑的葡萄，亮亮地在秋阳中闪烁着光彩。或许是一个难题解决了，灿烂的笑容就盛开在他们的脸庞，仿佛是一丛丛秋菊，烂漫着芬芳的课堂——他们，才是校园秋的主人。

月亮升起来了，圆圆的，把中秋的夜写意成一首意境隽永的诗。教室里晚自习的灯光也亮了，用奶油一样的柔和，掩映着皎皎的月色。沉默一天的寒蝉们，终于按捺不住寂寞，边饮着秋露，边深情地吟唱。薄薄的轻雾不知道从哪里悄然飘来，像轻盈的面纱，款款地缭绕着校园如水的秋夜。在书山中跋涉一天的孩子们，已经沉入深深的梦乡。轻雾如波，柔柔地荡漾着校园的秋夜，像一位慈爱的母亲，轻轻摇晃着孩子们熟睡的摇篮。

于是，秋的梦影，就浅浅地融入月的皎洁与雾的朦胧中了……

# 蒹葭意象

蒹葭苍苍，白露为霜，所谓伊人，在水一方……

《诗经秦风》

等你在寒冬，刺骨的冷风把我的满头白发吹落成相思的梦。在清冷的固守中，一任很瘦很瘦的那泓寒水，浸湿我还在青春拔节的心。

这青春拔节的声响，回荡在我绿色的血液里，绵延成一湾曲折蜿蜒的小河，上溯到2700年前那个白露成霜的晚秋。像今天一样，我在清冷地固守，因为等候与期待，执着与坚忍，只为在水一方的伊人。为了这份刻骨铭心的相思，一任满心的企盼把自己瘦削的身躯镌刻成伤痕累累的痛。

我知道，飘拂在我心海里那抹像彩云一样美丽的影子，总是在每一个月明的夜晚，牵挂着一缕缕清辉，用纤纤素手飘飘裙裾，去编织有星星点缀的缤纷的花篮，然后，落在我的心海，装扮着我相思的梦。

也许是秋水的晕染，我的心很纯净，纯净得只能容载着你像彩云一样美丽的影子。我对你的相思蹚过春花，掠过秋月，在冬的凛冽里漂泊着我纷乱的思绪，纷乱的思绪一如我漂泊的白发。我在做着一个绿油油的梦，梦里，有青青芳草的清香，有黄鹂在翠柳的深处唱着爱情的歌。春风吹拂的时候，我就摇曳着自己绿色的旗帜，为着你银铃般的脆脆的笑，为着脆脆的你的笑语激起层层春水的波，然后，像蜜饯一样，注入我的心窝。

而无望的等待像一条冰冷的蛇，总是在冷风残月的落寞里，缠绕着每一个属于我的孤寂的夜。一任我瘦削的模样，从嫩绿到翠黄，然后从翠黄变成死一般颜色的灰白。

等你在寒冬，一等，就等了2700个春夏秋冬。我知道，现在的我很憔悴，憔悴的影子让一直陪伴着我的清水也消瘦了许多。但岁月能拧干我生命的血液，却不能改变我缦立远视翘首企盼的相思的模样。

# 秋日垂钓

秋日，是垂钓的季节。

一方碧空，半亩方塘，为垂钓者设置了一个静美的背景；而秋虫唧唧，寒蝉啾唧，又为垂钓烘托了一个清幽的氛围。伫立池岸，手把长竿，将线饵远抛。这时，注目凝心为鱼役，每一次浮标的抖动，都会带来警觉、兴奋与惊喜。

最令人心动的，是在提钩时，鱼儿在水下横冲乱撞，钓竿被拖得吱吱欲折。这时，成功与失败，喜悦与沮丧往往就在一瞬间，明明是鱼儿已经露出水面，却因断线，逃之夭夭；甚至鱼儿已经提上岸，却因脱钩落入水中，眼睁睁见它从容游去。

而更多的时候，收获到的是喜悦，当沉甸甸的鱼竿把沉甸甸的鱼儿提出水面，只见一团亮莹莹的银光在碧水蓝天间腾跃，天地万物倏地从垂钓者的思想中隐去，只有白生生、鲜活活的鱼儿在他的脑海中跳跃。心儿融进了垂钓，生命在这一刻更显得生机勃勃，情趣盎然。

当然，也会有寂寞难耐的时光有待垂钓者去守候，那就是浮标的凝滞。遥远的等待，短的或许几时，长的多则一天。这更需要有一颗耐心与一种执着。经不住时间考验的人，钓到的常常是失望。

朋友，当你被生活的重担压抑得困顿、疲惫时，当你在世俗的尘埃中迷惘、失落时，你不妨拿一支钓竿，去钓淡泊，钓宁静，钓人生的感悟。在由钓竿与鱼饵安排的情节里，你会读懂成功与失败的辩证法，学会在漫漫的人生征途中，用心去等待。

# 白露，冰心一点润清秋

一夜寒蛩低吟浅唱，清晨起来，淡黄的草树上，已经挂满一颗颗莹莹的露珠，圆圆的，润润的，亮亮的，从缀着石榴、柿子、栗子的枝头上滴下来，从挂着扁豆、丝瓜、葡萄的藤蔓上滴下来，从结着稻谷、高粱、玉米的穗子上滴下来。袅袅的晨风轻轻飘过，便洒落一地晶莹的泪花。

哦，一年的中秋伊始，暑气涅槃后的如水清凉。

露水打湿的桂花，发酵着如瀑的浓香，花蕊如粟，掩面深碧，暗淡轻黄。羞赧的体性，如晨光中采桂的乡村的姑娘。每当绿玉枝头，金粟摇黄，姑娘们就背着柳篓，提着竹篮，踏着闪光的晨露，成群结队地采摘桂花。桂花绣成的荷包，香盈盈；桂花酿成的酒儿，火辣辣；桂花浸泡的茶水，甜滋滋；桂香盈袖的姑娘们，美嗒嗒……白露洗礼过的秋晨，仿佛就是一位清丽的姑娘，浓浓的香里，有勃勃的青春的朝气。

凌霄与牵牛花，舒展着她们柔曼的触须，把绯红与深蓝，点缀在瓦沟墙畔。她们张大着喇叭般的嘴巴，吮吸着秋露、阳光。点点珍珠一样的圆润，被朝阳晕染成赤橙黄绿青蓝紫瑰丽的七彩。

老人在花下品茶。杯中清浅沉浮的，是"白露茶"。老人不喜欢喝"明前茶"，叶子太嫩，茶味太涩了；也不喜欢喝"溽暑茶"，叶子太老，茶味太苦了。只有白露时节采制的新茶，承秋露之浸润，吐日月之精华。茶色可目，茶水入心，茶香盈怀。

当月光把露水幻化成千万枚月亮，散落在残荷衰草之间，中秋，便飘然而至了。"露从今夜白，月是故乡明。"此刻，这些泼洒于秋夜的点点晶莹，扑闪着迷离的微光，是离人倾洒的思乡的斑斑血泪，还是零落一地的，相思破碎的心灵？

于是，总有些洒脱的文人，在谪迁蛮荒，流落异乡的孤寂中，却总于风清月白露浓的中秋之夜，"纵一苇之所如，凌万顷之茫然"，让横江的白露接天的水光清洗缠绕于心头挥之不去的去国之悲，忧谗之痛，怀乡之殇。尽管人生苦短，"譬如朝露，去日苦多"，却于惨淡中不苟且，坎坷中不落寞，豁达并诗意着。注一泓月光皎洁，扯一缕清风润朗，饮一掬秋露晶莹。这是多么深邃的人生的智慧！

白露，玲珑剔透的冰心一颗，拥她入怀，便拥有澄澈灿烂的秋，何惧风一更雨一更的磨难，山一程水一程的逶迤？

# 秋

随着雁儿驮着夏最后一丝热情，在落黄的纷扬中翩然南去，秋，便在天清气朗的飒爽中，飘然而至了。

露浓霜重，草色已经一片翠黄，柔柔的，绵绵的，铺展着岁月的沧桑，却于袅袅的西风里氤氲着可人的温柔。坐着，躺着，草儿们就款款地抚摸着人们的身心，酥酥的，痒痒的，好像在做深情的按摩。

丝瓜、石榴、柿子……你不让我，我不让你，像赶趟儿似的，累累地挂满枝蔓。露水晶莹地闪烁着，像星星，像眼睛，在阳光里扑闪着瑰丽的七彩。微风过处，送来瓜果的甜香，丝丝缕缕，隐隐约约，仿佛远处农家院子里不时漾来的，脆脆的笑语。

风吹在脸上、身上，凉凉的，爽爽的，润润的，像母亲纤柔的手，播撒着最熨帖最沁心的爱。蝉声已经融入了泥土，蛙声也从稻花香里消失了。只有蟋蟀的低吟，随风的婆娑轻唱。经风儿发酵的秋果，好像已经在酽酽的香里沉沉地醉了，脸儿红红的，像要落山的太阳。

"无边丝雨细如愁"，不错的，密密的雨线像花针，为秋雨织绣着墨色的背景。渔人们却披着蓑衣，戴着斗笠，让一叶扁舟出没在雨帘里。蟹儿鲜了，鱼儿肥了，圆圆的网撒在秋水，沉甸甸的收获，沉甸甸的希望。落雨的日子，天晚得就早，农家的茅舍里，淡淡地漂浮起鹅黄色的灯苗。"一场秋雨一场凉哟！"吸着烟管的老爷爷听着淅淅沥沥的雨声，好像在自言自语；老婆婆边挑落着灯花，边缝补着过冬的棉衣。

总是风调雨顺，丰收的秋天就分外喜庆。圆圆的月亮，圆圆的中秋，圆圆的祈盼。人们虔诚地拜着月亮，一串串紫皮葡萄、一瓣瓣红瓤西瓜、一盘盘剥好的白色的菱角……还有桂花馅的月饼，琳琅地摆满桌面，萦绕着渺渺的香气，啜饮着莹莹的秋露，晕染着盈盈的月光。重阳的日子，老人们就提一壶好酒，戴儿朵菊花，舒服舒服筋骨，抖擞抖擞精神，在翠微的余晖里流连夕阳的美丽。

"人间最美是清秋"。天气爽爽的，收成满满的，日子红红的。

秋是红色的，万山红遍，层林尽染。血脉偾张着，热烈着。

秋是金色的，西风过园林，落菊满地金。生命涅槃着，灿烂着。

秋是蓝色的，晴空一鹤排云上，便引诗情到碧霄。花开花落，云卷云舒，在清凌凌的深邃里，寻找蓝莹莹的人生的本色。

# 秋雨黄昏

  很多时候，我都会不由得陷入一种忧伤的氛围中去，久久地不能自拔，就如这个初秋的雨中黄昏。一回到家，所有的不尽如人意，所有的困扰，便一股脑儿地侵占了我整个的心灵。将自己重重地扔进藤椅里，忧郁便开始一点一点地将我淹没。

  窗外很美，绵长绵长的雨线就像一重厚厚的雨帘，正垂在古老的窗棂前。

  只是没有阳光的日子里，再美的黄昏于我依然沉重。

  这个世界常常会给我们造成一种失落感。总有些时候，我们会因为一些失败、失意、失去而失落，特别是很自信应该成功应该得到的时候，特别是我们很用心很努力为其付出的时候，我们手中抓住的却是一片空。所有的憧憬所有的希冀所有的等待都成了一场梦幻。

窗外的月季又开了洁白的几朵，透过那重厚厚的窗帘，那几点白在被雨打湿的窗台显得特别幽艳动人。微风轻轻拂过，书桌上那串风铃便携着它一同奏起了这个雨中黄昏的乐章。

啊，这个美丽的秋季伊始！

所有的所有都那么和谐，那么熨帖，悠长悠长的雨线、娇艳的月季花……除了那个心底流着忧伤的我。

我站了起来，向窗口走去，我要把窗关好，将窗帘放下，让那些格格不入的画面消失在我的眼前。

而一封信，就这样不经意地从口袋里滑了出来，那是一位远在牡丹江畔的学生写来的。她说："……好像好长一段时间，你一直处于一种患得患失的状态中，所以无法在事业、情感各方面肯定自己。一方面你为自己坚强、独立而满足而骄傲，另一方面，却对其过程所经历的种种伤害、痛苦而耿耿于怀，在心底一点点地积怨。愁得调也调不开，化也化不开。其实，很多问题不妨换个角度来看，本来很有杀伤力的事情也许变得轻松些的……"

这女孩比我小很多，尽管表面上她或许很多方面都不如我，但每回读她的信，我都有一种自愧不如的感受。她许多话真的很尖锐："你一直处于患得患失的状态中"，我一直是这样，所以我一直都让自己愁得调也调不开，化也化不开，所以我一直都不快乐。

也许我真的该换个角度，而我一直不愿意，我总是计较着一些得失，我总是不够洒脱。洁白的月季花还在雨中摇晃着，那种摇晃似乎在强烈地追求生命。我被震撼了！

柔弱如小小的月季花尚能在风雨中成活，我又何必总在意人生中的那一点点的不如意呢？我有什么理由总是一而再，再而三地作茧自缚呢？

　　这么美丽的雨中黄昏，还有那封散发着温馨友情的远方学生的来信……我还有什么必要用忧郁将自己包裹呢？

　　一阵凉风吹过，又带来一串清脆盈盈的风铃声。我忽然觉得，这是所有乐曲中最让人心醉的一首了，尤其在这个雨中黄昏。

# 诗情，勃发在浅浅的秋

寒冬的凛冽，能体味春天的温暖；溽暑的炙烤，才倍觉立秋的清凉。漫漫苦夏炼狱般的历练，薄凉的浅秋，才让人间荡漾着温情的诗意。

诗意随鹭的白羽蹁跹而上，追风少年不羁的心，穿越一袭青衫，挥手一川碧草，在袅袅的西风中恣意扶摇。秋的天空是少年浪漫的心事，清澈的底色，却泼洒着云卷云舒的梦想。"当时明月在，曾照彩云归"。漂泊的行囊归依何处？青春驿动的心情定何方？唯见白鹭一行随风去，云接千载空悠悠。

七夕，仰望渺茫的星海，于璀璨的银河旁，见证千古爱情的凄美。有情人隔河而望，"盈盈一水间，脉脉不得语"。相思的泪水，伴银河滚滚清流而去；残缺的梦境，依斑斓星辉而留。却于悱恻的情爱中涅槃成别样的惊艳。成千上万只喜鹊，翔集在银河之上，舒展墨色的羽翅，绵延成一座温和柔软的"鹊桥"，让七月七日的夜晚，定格为爱情的节日，那流泻于夜空中澎湃的银河，那横贯于银河多情的鹊桥，那扑闪着迷离的牛郎、织女亮亮的星座，还有他们感动天地，绝唱古今的爱情，莫不是有情人美丽的神往。

"银烛秋光冷画屏，轻罗小扇扑流萤。天阶夜色凉如水，卧看牵牛织女星。"七夕的夜晚，于牛郎、织女星辉的照耀里，沉醉了多少双仰望爱情的眼睛。

若是一场淋漓的雨后，秋意会在晚风的吹拂中发酵愈浓。雨洗过的夜空像一片澄澈的海，那轮圆圆的月亮，仿佛是秋姑娘洁净的心灵。

浣衣的村姑们乘月归来，脆脆的笑语，与翠翠的竹韵合奏成一阕新秋的夜曲。熟睡的莲花们被惊醒了，便在如水的月光中舞动她们绿色的罗裙，顾盼着她们像清水一样的明眸。仿佛在和岸上的女孩子们媲美着秋夜的明艳。

而"咬秋"的风俗，常常在这样明月清风的秋夜，如宗教一样神秘而庄重地举行。红瓤西瓜、绿瓤香瓜、白生生的红薯、金黄黄的玉米……往往是咬秋的最爱。吮吸着甘甜，人们也在吮吸着秋丰收的喜悦，吮吸着如秋一样清爽而静谧的岁月。

哦，这薄凉的，浅浅的秋……

# 最爱重阳菊花香

晚秋的风，冷了季节的温度，黄了自然的颜色，却艳了菊花的风姿。再过几日，才是重阳，菊花却早早绚丽了我的心海。那些在飘飘黄叶的婆娑中盎然怒放的花蕊，诗意地开成七彩的模样，似乎在为重阳的莅临，点染一个斑斓的背景。

一年的节日，我最爱重阳；四季的花朵，我最爱菊花。

浸泡在阴雨里的清明，在断魂人的叹息声中泥泞成哀婉的诗行；零落的梨花，撒落着又一年祭奠的忧伤。尽管牧童的笛音，袅袅地把新柳吹成缕缕青丝，呢喃的紫燕，却剪断多少思念的怀想。

弥漫着艾草浓香的端午，在对一位古人的膜拜中，渐渐演化为一种宗教般的肃穆；花草却泛滥成浓妆艳抹的妖冶，她们争奇斗艳般的张扬，似乎是对人类的庄严一种浓墨重彩的嘲讽。

中秋明月的清辉，的确能给人类万家团圆的幻想；但那轮圆圆的月，似乎却在反衬着人事的离别的殇。而牵牛花的蓝朵，冷冷的色调，注定不是一朵月圆夜美好的花。

至于春节的喧闹，元宵的繁华，只是冬的漫长的寂寥里开放的两朵昙花罢了。偶尔在雪地里绽放的几枝疏朗的梅花，却总会淹没在火树银花的虚幻中。

重阳却好，"九九"，数字中最美的吉祥，"九九大运，与天始合""天之高为九重，地之极为九泉"。九九重阳节，寄寓着汉文化多少美好的祈盼。

这个时令，江涵秋影，北雁初飞。几场秋风秋雨，洗去了浅秋的燥热；醇厚了中秋的韵致；清肃着晚秋的浮艳。所有的葱茏，一夜之间，似乎被西风拧干了绿色血液，黄叶连波，波上寒烟翠。

而菊花，就在草枯叶黄中沸沸扬扬地赶趟般地开着。蕊寒香冷，满地金黄。这一丛丛烂漫开着的节日的花朵，也烂漫着重阳厚重的人文内涵。

"尘世难逢开口笑，菊花须插满头归"。和佩戴茱萸一样，菊花，也成为重阳节人们最青睐的配饰。不管老人还是孩子，都喜欢在菊花盈盈的暗香中挥洒登高的汗水，在翠微淡淡的山岚中体味晚秋的况味。

菊花性微寒，味甘苦，以菊花酿酒，泡茶，散风清热，平肝明目，降压减肥。重阳的日子，人们总喜欢泡一杯热热的菊花茶，煮一壶酽酽的菊花酒，拾掇些香香甜甜的秋果，招呼二三亲朋，打开轩窗，悠闲地喝茶品酒，悠闲地谈论农事，悠闲地欣赏着大野里金黄的稻浪。这个时候，丰收的喜悦，和着菊花茶的清香，菊花酒的清冽，汩汩地，流进人们的心坎。"莫惜朝衣斟酒钱，渊明身即此花仙。重阳满满杯中泛，一缕黄金是一年。"美酒如玉，菊花泛金，那位宋代女诗人啜饮菊花酒的诗篇，一千多年来，醉倒了多少个美好的重阳？

菊花糕，这种需要用九层的笼子熏蒸，还要在蒸笼的顶端插着两面红色小旗才能制作出来的糕点，神秘着，味美着；而菊花糕的主人——女孩们，会在吃糕前接受大人们庄重的洗礼。大人们把黏黏的菊花糕粘在她们两鬓之上，然后对着家里最老的长者，跪拜，祈祷……年长的老人，就会朗声祝福——"旗"求步步登"糕"——浓浓菊花糕的香味里，凝结着多少重阳祥和的祈盼！

此刻，一抹菊花淡淡的香味，飘进我的书房，仿佛在为我捎来重阳的消息。我忽然对这个节日，在心底滚涌着深深的敬意。轻闭双眸，喃喃私语，为这个神圣的日子，我祈祷久久，久久……

# 立冬，一首淡泊端肃的歌谣

　　一夜流霜，洗去了晚秋的铅华，清晨起来，地面上已经铺满厚厚的翠黄，镀了一层薄薄的霜，好像半老徐娘，搽了些淡淡的粉底。掬一口河里的水，凛凛的，冽冽的，把我的手冻成紫芽姜的模样。袅袅的雾气萦绕在河面，荡漾着迷离，隐去了在水一方的伊人，缦立远视地伫望。

　　岸边的水藻，不经意间，已经凝结成一层浅浅的冰凌，亮亮的，莹莹的，仿佛是立冬捎来的名片。

　　莽莽苍苍的原野，弥望的是初生的麦苗，青色连天，仿佛为大地母亲，铺了一层绿意融融的地毯。阡陌纵横，零星点缀着的野菊，又像是在地毯的绿波里，撒落些锦簇的花朵。

　　收割后庄稼的秸秆，被农人簇拥在田间地头，岁月已经拧干了它们绿色的血液，枯槁着，翠黄着，却坚强地站立成活着的模样，任冬的冷风，肆意地吹打着。

而芦花，早已在风的音符里，纷纷扬扬地飘落成诗意的雪花，撒落在田野里，为麦苗浅浅的绿，装点着浅浅的银装。飘忽着在田野里觅食的喜鹊，喳喳地唱着天籁，黑白的影子，写意着冬的静默中的灵动。

村头一块空旷的场圃，却在进行着一场隆重的冬的祭奠。案几之上，摆设着丰盛的祭品，村里年长的老人，虔诚地点燃几炷红纸包裹着的大香，青烟袅袅，香气馥郁，几位穿着仿古服饰的祭祀人，边做着法事，边喃喃祈祷。这种盛行于立冬的祭祀仪式，源于古代帝王们立冬的大典。那些为国捐躯，或者建过功业的圣贤功臣们，往往是祭奠的对象。

冬祭发展到今天，展示更多的，是农人们祈福求安，风调雨顺的一种美好的梦想。祭奠过后，那些久久等待的人们，就可以津津有味地欣赏着土得有些掉渣的社戏，如玩旱船、地方戏、工鼓锣……随着爆竹的响起，立冬的祭奠，就浓墨重彩般地达到高潮。

立冬的午饭，家家户户吃的都是饺子。饺子在我们这里，有一个好听的名字——"弯弯顺"，就是万事如意的吉祥。当然，饺子与"交子"谐音，总是在时令首尾相接的时候食用，谚语"立冬补冬，补嘴空"，就是最好的寓意。

"晶莹皮似玉，馅美咽生津。椒醋辛酸绊，度量限逸沉。蒜姜和荤素，缄口品揪心。饺子含禅意，食中蕴道深。"这首咏唱饺子的诗歌，千百年来，让多少对来年怀有好梦的人们，口中生津，心旌摇荡。

立冬后的太阳，没有了秋阳的和暖，轮子却好像被鞭子赶着，跑得飞快。刚过了正午，就向西山沉沉地坠去。远方的村落，就依依地升起缕缕炊烟，淡淡地弥散着，款款地融入淡蓝色的山岚。

当天上的星星挑着灯笼，点亮冬的深深的夜空，像星星一样的万家灯火，也次第地点亮了村落。初冬的夜寒冷着，柔柔的灯光却温馨着。人们喜欢在立冬的夜晚，家人聚在一起，架起明炉，边涮着羊肉，边品着美酒，边甜甜地欣赏着家院里堆砌的高高的粮囤。人们欢笑着，笑声如暖暖的潮水，在初冬的夜里荡漾；酽酽的酒香醉了村民，醉了村庄，醉了入冬的第一个美美的夜晚。

今晚有约，让我们一起倾听，立冬，这首淡泊端肃的歌谣……

# 小雪，冰清玉洁的精灵

"落瓦浅浅半未匀，旋闻簌簌小轩窗。素笺款款今初展，欲书冰心浴梅芳。"小雪霏霏，就这样淡淡地飘落，仿佛在天地之间，拉起一层薄薄的银幕。被冷风寒雨染黄的叶子，不知不觉之间，素裹着一层浅浅的淡妆。随着立冬的背影渐渐远去，小雪，终于婆娑着轻盈的舞姿，悄然降临了。

小雪，冰清玉洁的精灵，仿佛一位小家碧玉，总是羞赧地隐藏着自己圣洁的芬芳。你不像大雪那样肆意地张扬，似乎君临天下，裹挟着一切，"千山鸟飞绝，万径人踪灭"，在白雪皑皑的厚重里，人们冬眠般地蛰居着，所有的生机与灵动，都淹没在大雪沉沉的苍茫中。你也不像冬雨那样浇得人心冷，让冬阴沉着晦涩的脸庞，好像天地万物，是自己宿敌一样。冰冷的雨线缠绕在人的身上，似乎是一条条冷冷的蛇。

小雪却好。莹莹地，悄无声息地飘落，那样的低调，生怕惊扰冬的宁静。冬天的大地枯槁着，你就撒落一层淡淡的银白，山河亮丽了；冬天的空气肃穆着，你就轻盈着一个翩翩的舞姿，天地灵动了；冬天的麦苗瑟瑟着，你就用单薄的身子温暖着，绿意葱茏了。仿佛是一位圣洁的天使，轻轻飘洒着温馨与吉祥；也或是一个诗意的音符，小雪飘落的声音，有淡淡的禅意，有清清的天籁。

你有一颗温婉的心灵，你最不屑寒霜那般冷酷。面对被严霜摧残得泛黄的生命，你纤纤素手轻轻抚慰，甚或把自己融化成一滴滴泪水，滋润着一颗颗受伤的心灵。吻你入口，冬的干涩清爽了；邀你入目，冬的晦暗靓丽了；掬你入心，冬的浮躁宁静了。小雪织绣的花朵，虽然那么细微，细微得如渺渺微尘，但你洋溢的芬芳，如白莲花一样，沁人心脾。

如果说，纷扬如梨花般绽放的大雪，是嘈嘈如急雨一样琵琶大弦的热烈，那么，婆娑着玉蝶般翩跹的小雪，就是窃窃如私语一样小弦的清幽。小雪轻飘的日子，吻瓦浅浅，挂树依依，落地款款，氤氲着唐诗的烂漫，宋词的诗意。

"绿蚁新醅酒，红泥小火炉。晚来天欲雪，能饮一杯无？"绵密的彤云，让村落早早拉起傍晚的帘幕。茅舍的窗口，已经串起柔柔的鹅黄色的灯苗。佳肴已经备好，火炉已经燃起，酒杯已经斟满，窗外，小雪轻飘；窗内，酒香轻漾。也许是收成的丰盈，也许是雪落的祥瑞，也许是酒菜的精美，主人恣情地饮着，偶尔有村邻经过，就被硬拉着入座，硬劝着喝酒。火炉的热气香香地萦绕着，主客的笑语亮亮地飘荡着，有几瓣小雪，顽皮地溜进茅舍里，似乎也想分享一丝农人的喜悦。

"寒沙梅影路，微雪酒香村"。柔和的灯光，在落地的小雪身上，倒映着梅花疏朗的模样。夜已深深，人已酽酽，翩翩的小雪，仿佛也沉浸在酒香浓浓的晕染里，醺醺地醉了。

今夜有雪，让这冰清玉洁的精灵，点缀冬的蓝蓝的梦境，诗话一颗颗紫色的灵魂。

# 大雪颂

寒流汹涌，万花纷谢，漫天飞舞的大雪，像白色的瀑布，就这样纷纷扬扬地倾洒，好一个银装素裹的世界。

我爱你，大雪！我爱你君临天下的威严，我爱你张扬不羁的桀骜。

落雪的况味，不是名花，也不是美酒，那种半开半醉的混沌，不是大雪洒脱的色调。小雪欲落还休地内敛，你摒弃；冬雨冰冷如蛇的缠绵，你不屑。恣情挥舞，血脉偾张，洋洋洒洒，大开大阖。挥洒处，"长城内外，惟余莽莽""大河上下，顿失滔滔"。要飘落，就飘落成"忽如一夜春风来，千树万树梨花开"的惊艳；"燕山雪花大如席，片片吹落轩辕台"的恢弘；"千山鸟飞绝，万径人踪灭"目空一切的气派。

我爱你，大雪！我爱你豪迈奔放的秉性，我爱和你一样顶天立地北方的汉子。

雪落北国，寒凝大地。严寒冰冻着一切，却锻造出北方汉子的英勇与倔强。"燕赵多慷慨悲歌之士"，在大雪纷扬的背景里，有荆轲刺秦风萧水寒的悲壮，有林冲快意复仇气冲牛斗的孔武，有林海雪原鏖战倭寇的精忠，有"数风流人物还看今朝"宏伟的襟怀……莺歌燕舞温柔的梦乡，只能催生屈膝卑躬的软弱；大雪张扬，才能历练铮铮铁骨中国好男儿的不屈与坚强。

疾风知劲草，大雪见精神。正如经过大雪的洗礼，青松才更加挺拔伟岸，梅花才更加馥郁芬芳；漫天飞雪处，也傲然矗立着一个个民族的脊梁。

"风雨送春归，飞雪迎春到。已是悬崖百丈冰，犹有花枝俏。"

瑞雪漫舞，冰花烂漫，暴风雪，你来得更猛烈些吧！

# 儿时的冬至

　　冬至的这天，晴光缕缕，冬阳呆呆，风儿柔柔，和暖如二月小阳春般的明媚。这些与时令相悖甚远的景致，倒让我忆起儿时冬至的况味了。

　　记忆中的冬至，色调是银白的。纷纷扬扬的大雪，常常把冬至挤压得喘不过气来。天地一色，惟余茫茫。大雪封门，是司空见惯的事。早晨起来，想推开柴门去上学，可是不管怎么用力，却总是推不开。从门的缝隙向外张望，除了一片白，什么也看不见。父亲就会说："大雪封门啦，路肯定也封了，今天就不用上学堂了！"父亲一席话，让我对大雪顿时感恩戴德起来，就因为雪的帮忙，让我暂时不去看老师的老面孔、不去读书本的新字词，这是一件多么开心的事！接下来，是我和雪亲密嬉戏的时候了。

门推不开，不要紧，把门拆下就行了，可是齐腰深的积雪，却让我不能走得太远，只能在家门口自扫门前雪了。但扫也是不行的，只能用铁锨铲。兄弟几个忙碌一个上午，也只能清除门前巴掌大的一块地方。垒起的雪堆，像白色的墙壁，把我家的茅屋，围成了一座孤城。尺寸之间，却是我们兄弟的乐园。大哥忙着堆雪人，铁锨在他的手中，好像一件神奇的法器，挥舞之间，雪人从天而降，神态各异，栩栩如生。二哥忙着捕鸟，虽是一筐、一绳、一把米而已，却是捕鸟神器，半天下来，抓获的麻雀就是上百只，那时候正逢全民"除四害"，二哥因抓捕麻雀有功，挂过的红花可不少。我什么也不会，却喜欢抡起木棍，横扫挂在茅檐上的冰凌，随着哗啦啦的脆响，地上已经是白花花的一片。"卖冰棍喽！卖冰棍喽！"我扯起嗓子叫卖着，不时捡起一支插在嘴里恣意地吮吸着。这个时候，母亲就会冲过来夺下攥在我手里的"冰棍"，柔声道："这冻叮当里有蝎虎的尿，吃了会生病的！"那个时候，母亲的话我是深信不疑的，但现在想想，蝎虎的尿不至于泛滥到每支冰凌一泡吧，冰凌前像尿一样的黄色，应该是茅草被雪水浸黄的汁液凝结而成的。

大雪的日子，父亲就牵着家里的大黄，扛着铁锨，带着我们兄弟几个去抓野兔。父亲是捕猎的高手，每次猎兔回来，带去的口袋总是满满的，沉沉的。父亲告诉我们，捕野兔要三看：一看地面，哪里有洞穴，洞穴里储存着稻谷，就是野兔的窝巢；二是看天上，老鹰盘旋的地方，往往是野兔出没的场所；三是看大黄闻嗅后逗留的地点，野兔往往藏身其中。多少年过去了，捕猎野兔的情景，依旧萦绕心中——呼啸的北风，裹挟着暴雪，疯狂地肆虐着大地，天地浑然连成一片。苍鹰在头顶盘旋着，大黄在前面巡视着，我们通身雪白，融在茫茫的雪海中……而野兔在雪地中疾驰，速度之快，灰色的影子仿佛变成雪地上灰色的曲线。这个时候，苍鹰凄厉地尖叫，大黄汪汪地狂吠，我们兄弟几个吆喝着，狂奔着……那阵势，那氛围，不像是在捕猎，倒像是在林海雪原中惊心动魄地追剿着顽匪。

冬至的午饭，照例是吃饺子。饺子在我们这里，有一个好听的名字，"弯弯顺"。那个年代，一年能吃一顿饺子，是很不易的事。但不管日子过得怎么艰难，冬至母亲是必须包顿饺子的，常常是从东家借些白面，西家筹些肉馅。母亲边向我们碗里夹着饺子，边喃喃地絮叨着："冬至吃些弯弯顺，来年做事样样顺"……口气似乎是在祈祷，神情又是那么虔诚，仿佛我们家一年的希望，全部托付在那碗弯溜溜，热腾腾，香喷喷的饺子上。

也许是母亲做的弯弯顺地庇佑吧，这么多年一路走来，我的命运总是顺顺当当的。可是我的母亲，去天国已经多年了。现在的冬至，我照例还是吃着饺子，但母亲喃喃地絮叨，却再也听不到了。兄弟几个偶尔在一起小聚，望着碗里弯溜溜，热腾腾，香喷喷的饺子，就念起母亲生时对我们的好，心里总是酸酸的。冬至的雪似乎也绝迹了，间或飘落几点，浅浅的，仿佛是老人头上脱落的稀疏的白发。

莫非儿时的冬至，陪伴天国的父母，一起走远，再也不能回来了吗？

# 大寒中的暖味

　　雪沃大地肥劲土，寒凝岁月发春华。岁寒至深处，却会在凄冷与凛冽中，滋生些许沁人心脾的温馨，于风起雪落中，咀嚼冬孕育的暖暖的况味。

　　雪霁天晴。湛蓝的天色，皎洁的雪野，随着一轮红色的喷薄，写意了一个红妆素裹的明媚。一树红梅，绽放着冬的童话，墨色的虬枝，点缀着疏朗的绯红。寻梅的姑娘，一袭红衣，踏雪而来，红彤彤的阳光，红通通的脸庞，红艳艳的梅花，掩映着姑娘清亮亮的双眸。那条幽深幽深的小巷，有姑娘绵长绵长的期待。仿佛听到粉黛色的墙壁里，一阕《一剪梅》的芬芳，在艳阳下诗意地跳跃。那位戴着金丝边眼镜，围着白色围巾的男子，总会在雪花婆娑的大寒中，用飘香的文字，在姑娘的心畔，点燃一炉串着红色火苗的温暖。

雪褥下的麦苗，正铺展着她们绿油油的梦想。花信风里依稀飘来兰花淡淡的幽香。那丝丝缕缕、隐隐约约地缠绵，好像冰封的河面下水流潺潺地吟唱。瑞雪入景，大寒合时，巡视田间的老农，捧起一掬亮莹莹的雪花，仿佛听到麦苗青春拔节的声响，仿佛看到麦苗们正摇曳着绿色的旗子，迎接暖融融、明亮亮、甜蜜蜜的明天。

"五九六九，满河插柳。"三九倏然而过，白昼悄然拉长，地温隐隐回升。河边的垂柳，抖落一身银装，吐着浅浅的淡黄。雪融后的大地肥肥的，肥得随便插一根筷子，也能生长出青枝绿叶。插一支柳条，就播撒一缕春光；植一抹绿色，就蕴积着明天的希望。"老农犹喜高天雪，况有来年麦果香。"大寒的节气，发酵着人们沉甸甸的希冀，勃发着新年青郁郁的生机。

一份隆冬一份春，春色来自大寒中。大寒尽，立春至，春节始。轻盈盈的雪花，装扮着喜盈盈的新年。劳作一年的农人们，在彻骨的大寒中享受着家的透心的温情。煮一壶浓浓的热茶，温一杯酽酽的美酒，香了庭院，醉了村落，晕染了雪意沉沉的冬。

而一条温情脉脉的回家路，在天空、地面、水上，正深情地铺展。千里之外，是漫洇着乡愁的故乡，那里有魂牵着的父老乡亲，那里有梦绕着的山山水水，那里有隆冬最美好的春的祈盼。返乡寻根的热潮，把大寒冲洗得温婉动人，仿佛家的祠堂里那株经年的腊梅，总把最深的情，最浓的香，最强的暖，留给归来的游子，融化他们冰冻三尺的乡思。

年味浓了，暖味重了，生活的况味日渐隽永了。梅花馨香中偶尔飘来的鸟的轻啼，仿佛在提醒人们：大寒来了，春天还会远吗？

# 飘舞在雪花中的新年

像梨花绽放，如鹅绒飘洒，在 2004 年岁末，一场大雪，就这样纷纷扬扬、潇潇洒洒、漫无边际地飘落。"院庭整日赏雪舞，故乡新年看春光"。在洁白里徜徉，在晶莹中流连，回顾一年来走过的风风雨雨，真是别有一番滋味在心头。

也许，这纷扬的白色的精灵，是着意撩拨我驿动的思绪；也许，那飘舞着的皎洁的轻盈，是将飘逝的往事在记忆的河水中轻轻地荡漾……

我想起了雪一样洁白的故事。

一个肤色和心灵都像雪一样洁白的女孩，却在人生最美丽的花季，不幸染上了白血病。女孩的心里下了雪，她的父母、老师、同学以及所有关心她的人心里都下了雪。在这"瀚海阑干百丈冰，愁云惨淡万里凝"的痛苦而晦暗的日子里，女孩的心坎里却洒满了金灿灿的阳光，照耀在她多雪的心田，显得"红妆素裹，分外妖娆"。那天早晨，在像雪一样洁白的病床上，她又像往常一样，被泪水淹没的眼睛呆呆地注视着像雪一样洁白的粉墙，却看到了一张火红火红的纸，在风里飘飘的，像红日中飘洒的雪花。

"雪儿，坚强些，望你的性格像你的名字一样，柔柔却有弥漫于天地的生命力⋯⋯"

一行清泪溢在雪儿白皙的面颊。泪眼迷离中，她看到了她的老师、同学，看到了他们真诚的温馨的笑脸，看到了班主任捧在手中的全校同学踊跃为她捐献的款项⋯⋯

从此，静默的病房常常传来雪儿的歌声；不久，在校园，又看到她像雪花一样轻盈的身影。

这关于雪儿的像雪一样洁白的故事，不久前就发生在灌云县板浦中学。

我想到了像雪一样晶莹的心灵。

不是吗，就在这所拥有八十年历史的江苏名校，跳跃着多少像雪花一样晶莹的崇高的心灵。一尊洁白的塑像，两颗不屈的灵魂，在皑皑白雪里，板中二女杰在教育同学们要坚强与执着。雪松掩映，芳草相依，原板中校友联谊会名誉会长、中国声呐学之父汪德昭院士的铜像，正用殷切的目光，深情地注视着同学们学习过程中的每一点进步。流连国清禅寺，驻足校史陈列室，我们在和崇高与纯洁的对话中，走进广袤的道德的雪野，去拥抱像雪花般繁密的我的先贤们跃动的灵魂。

飘舞在雪花中的新年，将会有更多的感动，张扬在天宇间，滋润着一个又一个美丽人生的美丽的故事。

第二辑

# 笑靥如花

　　时时倾注于我心灵深处的亲情、友情，总让我心生感动。一张张亲切的笑脸，像春花一样，总在梦醒时分，静静地开放在我情感的最深处。耳畔，总萦绕着他们温馨的话语，像天籁，又像梵音，给我以安详与宁静。走近他们，去触摸他们美丽的灵魂。

# 古巷深处的美丽

　　这是一座镇龄逾越千年的古镇，清代以前，这里还是濒海的沙滩，也许这里还没有人烟，有的，只有湛蓝的海，金黄的沙，一望无垠的荒野；还有，一两个孤独的商贾，或者，没有伴侣一任自己或独行或咆哮地带着腥味的海风。

　　到了清乾隆年间，偶尔经过的一两个徽商，不经意间看到金黄的沙滩上，有银色的晶体在阳光下熠熠生辉，像星星，像珍珠，更像散落在自己梦寐里痴迷的碎银。后来他们知道，那些咸咸的，硬硬的，带着棱角的散落的晶体，就是他们充实行囊，厚重赀库的不尽财源，于是，他们举家迁徙于此，面朝大海，开荒晾盐。当白花花的盐巴变成白花花的银圆，他们便在荒原之上构筑了一幢幢粉墙碧瓦雕梁画栋的徽式建筑群。于是，闹市有了，车马有了，红灯里嬉笑着的女人有了，风流才子有了……世间的繁华以及由繁华衍生出来的派生物，都有了。

于是，在那条由青石板铺成的小巷里，走来了"二许"，走来了"二乔"，走来了李汝珍，走来了凌廷堪，走来了武状元卞赓，走来了"汪氏三兄弟"……

很富足的小镇，很厚重的文化，很灿烂的小镇名人谱！

于是，就有了皂角树掩映下婆娑着古镇文脉的李汝珍故居，就有了隐藏在西顾巷悠长的魅影里古色古香的汪家大院，就有了夕照里门楣残缺的"二许"院落……

绚烂之后是平淡，繁华之后是落寞。和千百年来花开花落般的人事变迁一样，在经过了几乎一个王朝的鼎盛之后，小镇在今天终于迎来了本属于她的平静与淡泊。还是和原来一样悠长悠长的小巷，匆匆经过的，是拉着平板车到街头做生意的小贩；匆匆归来的，是揩着汗水背着行囊回来探家的打工仔。那些穿着青色长衫，拿着线装书拗首吟哦的宿儒们，连同小巷里徽式建筑青黛色的背影一起，走进了历史的背面，湮没于古镇的深处。听不到和小巷一样悠长悠长的踱着方步的登音，只有和小巷两旁杂乱民居一样杂乱的步履，在匆匆的岁月里匆匆地写着人生的叹息。

"旧时王谢堂前燕，飞入寻常百姓家。"是的，如同两晋时红极一时的乌衣巷，如今的小镇，从古典端庄的大家闺秀，又蜕变成简朴纯净的小家碧玉。也好！没有黄钟大吕的恢弘，索性走进瓦釜呕哑的喧闹也好。毕竟，人类的血液里，流淌的，不全是高贵和雅致，也有平俗和平凡。

于是，我总喜欢在属于自己的时间里，走进古镇的深处，在幽深的古巷里零星地挖掘着残缺的文化的碎片。那一块破损的碑刻，或许就是前代哪一位大家墨迹的凝固；那一处残垣断壁，或许就是曾富甲一方的哪一位绅士的"豪宅"；那一汪污浊的池沟，或许就是曾流淌着碎玉般清澈的"大天池"的碧水……

我不是一位满身散发着酸味的考古猎奇者，也不是骨子里弥漫着铜臭的古董商。对古镇深处每一处印着斑斑苍苔的历史陈迹的向往与青睐，咀嚼与痴迷，大抵都是源于对这座曾孕育着商业的繁华，文化的发达，人文的辉煌的古镇的深深的敬仰。

而且，和我朝夕相处的，不仅仅是这些在岁月的风雨里消逝了生气的一块砖，一片瓦甚或是一个曾显赫一时的伟大的生命；那些小巷深处如潮水般阵阵涌来的，是生活在古镇最底层的我的街坊邻里朗朗的笑声。这如潮的笑声是那样质朴，质朴得就像他们从不修饰的外表；这笑声又是那么魅力张扬，像爱琴海对岸那缕力透心腹的魔笛，让我心醉，令我痴迷！他们祖祖辈辈生活在这个小镇上，他们对这里的一草一木都如数家珍。他们的先人也许是饱读诗书的鸿儒，也许是腰缠万贯的土豪，也许是名噪远近的名士……所有的这一切，似乎对他们都不重要，他们只是惬意地活着，只是尽情享受着造物主给予他们的如草芥般一样轻微的生命。

是的，他们很平凡，平凡得如路边的石子，荒原里的草根。但于我，他们又是那么地具有亲和力，以至和他们在一起，有"一日不见如隔三秋"的怅惘。于是，我决定用自己的笔，把他们记载下来，许是折叠友情的箱奁，许是记录影像的相册。但我知道，"画龙画虎难画骨"，我所叙述描写的，与他们美好的人性相比，与他们美丽的人情相比，也许只是大海之一滴，阳光中一缕，但就让这微薄的心香一瓣，在古镇小巷深处轻轻荡漾吧，就像蜿蜒在黛黑色墙壁上的木香花，把馥郁的芳香，洒落在小巷每一个院落，散落在院落里每一个古镇人的心坎。

# 春天的祭奠

在办公室很简很陋的气垫床上躺下，床面柔柔的，里面氤氲的空气，像母亲柔柔的手，在温和地抚摩与拥抱我。我却辗转难眠。

4 月 25 日，正是春天最盛的时候，花朵在芬芳地开着，新绽的绿叶，在阳光的照耀下，鲜嫩地散发着温馨的气息。大地上的一切，都在春的呼唤下勃勃地焕发着生命的活力。可是，我的母亲却耗尽了最后一丝气力，撇下她挚爱的儿女，不声不响地向天国走去了……

再不见母亲倚门而望了，再也听不到母亲一遍遍对她的不很听话的儿子唠叨了。

就在 3 月份，母亲突然两腿浮肿，行走困难了。她的子女们忙着各自的事情，总是母亲一个人留在偌大的房子里默默地坐着。也许我是她最小的儿子，也许是她最放心不下我，只要我一两天没有什么音讯，就叫二哥打我电话，问我做什么了，是不是总是喝酒应酬，是不是又感冒了……隔三差五，我总是在下班的时候，顺路去看看她老人家，但时间总是很短，也常常很局促。朋友催我去酒场，去就匆匆要走。每次，母亲总是用依依的目光打量着我，然后，就是不声不响地把我送到大门口，总是倚靠着墙面，用目光送我，直到我拐过了墙角。可是，这一次，当我手机又响起，朋友又催促我赶场的时候，母亲却说话了："怎么天天忙喝酒，今晚能不去，在这里和我多说几句话吗？"目光依然是依依，却多了一点责备。这责备的眼光，是我多年没有看到的了。我总有走的理由，什么人在江湖，身不由己，什么不去应酬得罪朋友等等，反正是理直气壮。母亲说，你要去就去吧，今天我不能送你出去了。说着，她卷起裤管，把腿给我看。我怔住了，母亲原来很细很细的腿，现在已经肿得很粗，走路已经很吃力了。这一刻，我的眼泪突然涌出来。母亲啊，您已经病成这样，为什么之前不对儿女说一声？是怕耽误我们的工作，还是怕去医院要花子女的钱？

母亲却说，寿命是上天给的。在 40 年前，母亲脖子上就长了肿瘤，医生说，母亲在世上的时间不会超过一年。母亲笑了笑，只是说，"能让我多过几年吗？能让我看到最小的儿子把书读完，把媳妇娶上，死也瞑目了。"可是，现在，她的最小的儿子不仅娶了媳妇，他的女儿也已经变成大姑娘了。想到这些，母亲说，"治什么呢，多花钱，现在我就是死，也已经

100

很长寿了。我还有什么不满足的？但我还有点放不下，就是你呀，常在酒桌上胡吃海喝的。"

从那以后，母亲的身体是每况愈下了，终于被我们抬进医院，却是一天比一天严重，已经是周身浮肿了。在4月25号那一天，母亲突然对我们说，"出院吧，到我的大儿子家。"是不是母亲已经觉得留给自己的时间不多了呢，大约是中午11点多些到大哥家的，仅仅到了床上不到半小时，母亲就安然地走了。

现在，我离开县城，又回到小镇的中学里了。午眠梦回，现在，再也听不到母亲的唠叨了，有的，只有办公室里死一样的静；再也见不到母亲的倚门而望了，有的，只有自己漂泊的孤独的身影。

母亲，您的儿子很不孝，现在，还没有告别酒桌，也许，对您老人家的思念与愧疚，只有靠酒精来消解了。

# 缅怀在春风里……

　　三月，总是很美好的。在这个时令，有花红柳绿，有莺歌燕舞。可我的心里，却总是弥漫着落寞与怅惘，绵绵的，像三月飘零的雨丝。因为 11 年前，也是在飘雨的三月，潘延年校长，带着对板浦中学的殷殷牵挂，带着对未竟事业的眷眷流连，静静地走了，正如生前在许多的困难与委屈面前，总是这样的恬淡隐忍。

　　1976 年，你还是主管学校后勤的副校长，看到学校北首飘雪的那片芦苇地，看到芦苇地旁枯草连天的那片撂荒地，一个美好的构想就定格在你的脑海里：沿芦苇地挖一条渠沟，既可为学校隔绝外界之屏，又可为增加师生福利的鱼塘；更重要的是，取出的泥土可用来铺设操场。学校行政会很快就通过了这个一石三鸟的计划。就在这年冬天，挖塘取土，铺设操场的战役就轰轰烈烈地打响了。你总是身先士卒，挖泥、去淤、推泥……在最困难的时候，在最艰苦的地方，总能见到你魁梧的身影在忙碌着。虽是三九严冬，可你和大家一样，汗流浃背，身上冒出的热气，远远望去，真像茶炉房里涌出的阵阵蒸汽。突然，在沟的深处，传来学生们的惊呼："潘校长受伤了！"原来，在你弯腰掏淤的时候，一个学生的铁锹不慎铲到了你的手上。我看到你的右手已浸没在淋漓的鲜血里，一滴一滴的鲜血漏过指缝，还不断地往淤水里流；而你的脸已经变得煞白，大家都能体验到你钻心的疼痛。可你还是笑着安慰着已经吓得大哭的同学，说："不碍事，只是点轻伤，包扎一下就好了。"然后，你又转身笑着对我说："听说，搞个工程，总是图个喜庆。我流点血，见见红，不正是最大的喜庆吗？"我和同学们听着你的话，都忍不住流下了眼泪。后来，我们都知道，你的一个手指骨折，终身伤残了。

1983 年，经学校行政会研究决定，把校园的中轴地段办公楼前规划为一条绿化带。学校派你带着工友胡长华同志到南京紫金山森林公园购买雪松。为了为单位节省一点差旅费，你不顾初春料峭的寒冷，不顾货车的颠簸，裹着大棉袄，趴在车斗里，尽管冻得瑟瑟发抖，你坚决不坐在驾驶室里，把温暖和平缓让给工友。每每谈及往事，胡师傅总是唏嘘落泪，泣不成声："在停车的时候，我爬到后车斗，劝潘校长到驾驶室里暖和一会，都被他拒绝了。还和我开玩笑，说，'车斗地方大，广阔天地大有作为；车斗空气好，利于身体健康。'到了检查站，为了躲避检查，潘校长就躲在松树里，脸、手、脚都被松枝和松针刺破了，流了好多血……"如今，校园四化路的两侧，雪松掩映，亭亭玉立，成为学校一道最亮丽的风景。可是，给板中带来生命绿色和勃勃生机的你，却永远离开了你深爱的这片土地。每一个和你相处过的板中人都深深缅怀着你，那昂然挺拔的雪松，一如你高大魁梧的身躯，永远屹立在校园中，在风雨中和板中相依，在朝阳里和板中同在。在今天举校欢庆板中八十华诞的大喜日子里，我仿佛看到天国中的你，正露出欣慰的笑容。

# 王会长

　　一眨眼，王会长离开这个小镇，已经3年多了。他生前在小镇商会做些跑腿的杂务，譬如帮会里腕大的，就是拥有自己实体的老板们陪陪客人，跑跑业务，但镇里人都叫他"王会长"，一是他走到哪里，自我介绍的内容，大致都是"我，镇商会会长……"；还有就是商会真正的大佬们大都忙自己实体的业务，商会的事情或者无暇或者懒得打理，忙里忙外的，大都是他，时间长了，便成为老百姓口中的"王会长"了。

　　镇上的腕们总高兴让王会长去陪客，可能是看中他酒量的大或者是喝酒的爽。五十几岁的时候，人们还戏称他为"王斤半"，一场酒宴陪过来，座上的客人常常被他撂倒一半；喝到劲头上，他习惯身体一挺，兀地站起，大吼一声"干杯！"，头一仰，一咕噜，半斤左右的酒，点滴不剩地倾注到他的肚子里。

据说，二十几年前，他也有过自己的实体店，就是王氏饭店，他的老婆做菜有一手，尤其烹制的豆丹，香辣滑腻，可是镇上一绝，在饭店开得最热闹的时候，镇上还流传着这样的顺口溜："穿海州，吃板浦，王氏豆丹数地主。"但开着开着，饭店就倒掉了，倒不是食客们吃腻了王氏的手艺，大家都说，是让王会长喝倒的。

喝酒的客人，多是镇上的老顾客，王会长的酒友。只要他们到饭店，王会长便端起酒盅，从家里的酒坛里舀起满满的一杯，和桌上的酒客们一个个地喝。他敬酒有两个规矩，一是酒水自备，二是一个个地挨个敬，绝不会来个"扫堂腿"。所以，几桌喝过来，王会长已经很酩酊了。酒醉后他最喜欢做的事就是签单，把所有的饭单统统地签个遍。起初，他的酒友们还半真半假地客气一番；时间长了，他们就很习惯了。大多在酒足饭饱后，边说着客气的酒话，边抹着油腻的嘴，跟跄却从容地离开了。

王会长喝酒爽快，签单大气，好名声在镇上越传越响，但随着，王氏饭店的经营却越来越难以为继——终于关门大吉了。

自家饭店倒了，不会影响王会长喝酒的爽快，签单的大气。商会来客接待，他签单；商会活动酒会，他签单；以至于只要和商会沾点边甚至八竿子打不着的，也总是吆喝着要让他签单。那个时候王会长已经被酒灌得晕乎乎的了，一边说着诸如"王氏饭店是我开的，你们随便吃，尽兴喝……"这样的酒话，一边很大气很专业很潇洒地签着单。

但王会长也有局促尴尬不那么大气潇洒的时候，便是年关酒店催着他结账。看着酒店老板从柜台里捧出的厚厚一沓单子，王会长脸色涨红——只有这个时候脸会涨红着，酒大从来不会这样的——额头沁汗，一边嗫嚅着"这么多这么多……"，一边抖抖地点数着成沓的大钞……

"这次钱不够，眼下先结这么多，余下的明年再结……"王会长声音低低的，恳切得近乎乞求。

"钱不够以后就少打肿脸充胖子！"酒店老板脸冷冷的，话冷冷的，王会长的心也冷冷的。

王会长结酒账的钱，一部分是自己帮商会做事得到的报酬，据他自己说，一个月也就是千把块钱；还有一部分是他到一些商会大佬们那里去讨，据说讨的名义是交会费。有的老板似乎大气些，但更多的脸色不如在酒桌上好看，说话也不冷不热，直往人心里钻。那个时候，王会长脸色青一阵紫一阵，却总是堆着谄笑，敬酒大吼"干杯"时挺直的腰杆，此时会不自然地弯曲，再弯曲……

但只要出了新年，王会长腰杆就会再次挺直起来，又忙忙碌碌地出入镇上的各个酒店，忙着请与被请，爽快地敬酒，大气地签单，然后是踉跄着在街面上蹒跚……

我和王会长认识，大约在二十几年前，也就是王氏饭店开得最热闹的时候。期中考试结束后，周末晚上照例要进行一次家访，那次拜访的对象，是王会长家。浓烈的菜香酒味把我迎进了王氏饭店，那时他正忙着敬酒，兴高采烈，全然没有理会我站在他的身旁。

酒桌上的一个客人认识我，大声喊，"王会长，你家女儿老师来了。"他才转过身来看着我，我也就第一次近距离接触这位小镇的名角：个子矮矮的，梳着主席式发型。西装，领带，皮鞋，手表……很入时很体面的打扮。我还没来得及说清楚来意，他已经强拉我入席，斟满一杯酒，双手捧到我的面前。一时间，酒友纷纷站起，一拥而上……至今我也不知道第一口酒怎么被王会长灌进肚子里的，反正，那晚我醉了，醉得一塌糊涂。醒来已经躺在镇卫生院里输液。我却呕吐不止。王会长局促地搓着双手，像犯错误的孩子低头站在我身旁，"不知道你这样没酒量，对不住！对不住！……"

后来听说，当时我醉得厉害，趴在酒桌上不省人事。也许是惊吓，同桌喝酒的客人都找着借口，悄悄地溜走了。王会长硬是凭借不到一米六的小体量背着我一米八的大块头去卫生院，陪着我折腾了大半夜。

从此我俩就走得很近，渐渐地以兄弟相称了。每每谈起那晚醉酒的事情，王会长总会有一脸的愧疚，"你们教书的，不如我们混社会的来得酒量大，以后酒桌上哥会护着你……"

这个时候，我就会笑着问他："哥，个头不大，你怎么有那么大的力气背我呢？"他就会重复着以前煤矿背煤的故事：他身在农村，兄妹很多，他最大，日子过得苦，就下徐州煤矿，托熟人关系弄出点煤来地方卖，却被扣上投机倒把的罪名，坐了几年牢，后来流落到小镇，靠做点小买卖成个家。

讲起这些，王会长忽然呵呵地笑起来，"老弟，哥命大着呢，我父母都是九十多岁升仙的，别看我整天在酒场混，我壮着呢！"说着，捋起袖子，显摆着胳膊上几块鼓鼓的肉疙瘩。

偶尔参加他们的酒会，王会长总是把我拉坐在身旁，然后是朗朗地介绍："我，镇商会会长；身旁是我老弟，高级中学的高级教师……"两个"高级"是重音，但后面的比前面的更铿锵更有力更豪迈。在大家的掌声中，他收获着满满的骄傲，好像坐在他身旁的，不是一位教书匠，而是一位地方大员。

但王会长没有他说的会像他父母一样长寿，三年前，大概也是五月份吧，我正在办公室里批阅试卷，突然接到朋友电话，说王会长不行了，早上还喝了一大碗豆浆，忽然就觉得喘气困难，还没有来得及送到医院，呼吸已经停止了……

生命真的很无常，就在他溘然逝去的前一天晚上，我还答应他第二天参加由他安排的迎接市商会领导的酒会。事后，每每忆及这件事，商会的几个大佬们还是唏嘘着：王会长走得恰是时候，再过几个时辰，就死在酒桌上，大家都逃不了干系……

我的眼前，却不觉浮现二十几年前，一个漆黑的夜里，一个矮小的身影，背着不省人事的我，趔趄着去卫生院的情景。

# 我的一位语文老师

　　余生也幸，在我的学习生涯里，遇到了几位让我心生感动的语文老师，有的仁厚如兄长，如我初三的语文老师兼班主任董明山老师。当时他刚从师范毕业，白皙的皮肤，蓬松的黑发，一手漂亮的粉笔字，浑身洋溢着儒雅的书生气。教学《岳阳楼记》，把书一扔，引吭背诵，声音朗朗，抑扬有致，洞庭湖气象万千的大观，范仲淹忧乐天下的情怀，连同董老师掷地有声的讲解，如春风化雨，植入我们的心田。有的博学如学者，如我高三的语文老师兼班主任李新宇老师。那年，他也刚从省教育学院学成回来，戴一副金丝边眼睛，西装翩翩，围巾飘飘，有一种知识分子的清纯与风骨。他课堂教学有很强的艺术性，曾获得省首届语文优质课一等奖。每次上课，听众不仅仅是我们学生，还有县内外许多慕名前来学习的同行们。从他们投向李老师敬慕的眼神里，我作为他的学生，也收获着满满的幸福与自豪。

然而，让我时时忆起的，却是我读初二时的一位语文老师，他叫李适龙，是一位年过半百的邋遢老头。头发稀疏花白，头顶已谢出一块空荡荡的空白，两只浑浊的眼睛被一副老花眼镜笼罩着，镶银的牙齿一小半翘在嘴外，平时板脸的时候居多，偶尔一笑，银牙毕露，一下子狰狞得有些恐怖。

但他的课堂，却成了以我为首的几个调皮老油子嬉闹发泄的游乐场。他人老眼浊，一上课，就把语文书捧在面前，书的面积就覆盖了他脸的三分之二，我们的一举一动，自然看不见。上课的方式也很迂。记得上第一堂课，所讲的课题不是用粉笔写在黑板上，而是在课前，用毛笔写在一张横条的红纸上，上课时用糨糊一粘，贴在黑板的中央，然后就说了一通诸如"要想入心，必先醒目"之类的我们半明白半糊涂的话，害得下一节其他老师上课时，又是浸水蘸，又让十几个同学上黑板撕，抠，用刀子划……忙碌十几分钟，方才把黑板擦洗干净。

记得讲一篇好像叫《人民的好儿子焦裕禄》的文章时，李老师几个极具夸张的动作细节，至今还深深地刻在我的脑海里。

焦裕禄积劳成疾，群众劝他休息。焦裕禄说："等我把兰考治理好了，我再大休息。"读到这儿，李老师身体后倾，肚子前挺，双臂呈大字样僵硬地摊开，眼睛紧闭，呼吸也似乎停止，一副行将就木的样子——这样过去了五六分钟，同学们就

111

一起喊——李老师，醒过来——李老师这才恍惚着睁开紧闭的眼睛，好像在阎王的宫殿里转悠着刚刚回来。

焦裕禄身体终于支持不住了，要暂时离开兰考去治病。但他是依依不舍。文中就有"焦裕禄一步一回头"这样的细节。只见李老师把书本放下，径直向教室外面走去。走一步，回望一次，走一步，回望一次……这样一直走出教室十几米。我们齐声呐喊——李老师，该回来了——他仿佛才从角色中醒来，悻悻地踱回来。

李老师是这样的迂，以致我们都把他当作取乐的对象。他头转向黑板，班里几个顽皮的同学就拿起粉笔头，掷向他的头顶，说是"后羿射日"，直到粉笔头成为白色的雨点，李老师才缓缓转过身，用手按下老花眼镜，露出浑浊的眼睛，怔怔地在教室搜猎着——当然是一无所获。同学们闹得厉害，他的脸就会涨得通红，浑身颤抖，指着闹事的学生："你你你……"却说不出完整的话来，随即就被全班的哄笑声淹没了。

李老师对我的关注，源于期中时候一次作文竞赛。竞赛作文的题目好像是"在＿＿路上"。我写了一篇题目叫《在风雪路上》的作文，大致内容是记叙一位叫作红梅的赤脚医生，在风雪路上抢救一位滑倒老大娘的故事。也许写的还有些感人的成分吧，居然得了一等奖。放榜的时候，我在乐滋滋地看，李老师悄悄走到我的身后，猛地在我的肩头上拍了一巴掌，那力道，当时让我有力劈华山的震撼。"后生可畏！后生可畏！文章天下事，岂有后乎？……"只见他摇晃着脑袋，脸和头顶一样，亮亮得似乎放出光彩。从那以后，李老师批阅我的作文似乎比以前更加详细，一篇作文发下来，往往是红黑参半，甚至红色的批语比文章还长……说来也怪，按照他评注的方法写，我的作文确是精进了不少。

听高年级同学讲，李老师身世很惨，因为出身问题，加之有些文化，"反右"的时候，就被打成右派。在劳动改造时，又喜欢说一些半文半白的话，有人就说他是封建余孽，批斗时做了几次"喷气式飞机"，吃了不少苦头，头脑也似乎受到刺激。直到落实政策，才被安排到乡村中学做语文老师。但他表演式的教学以及春联式的板书，引起领导的不满，时间不长，他就被调到一所更偏僻的学校，从此也就失去了联系。直到十几年后，偶尔在饭桌上和一位朋友聊起李适龙老师，才知道他已经归道山了。然而，也就从那时起，我的心里，就会常常浮现李老师花白稀疏的头发，隐藏在老花眼镜后浑浊的双眼，笑得似乎狰狞的突着银牙的脸……

## 邂逅陈建功主席

那是一个非常忙碌的下午，听了两堂组内公开课，接着又在组内开展研讨。冬日时短，不知不觉窗外已经涂抹一层淡黑的影子。突然我的手机响起，看到一个陌生的号码，听到一个似曾熟悉的声音，说是让我到国清禅寺门前照个相。本来手机铃声已经招来主持人不愉快的一瞥，尴尬间竟也不知道电话者是什么人，或许是政协同届别的来我校考察，或者是民进同仁参观我校古寺，或许……头脑很乱，突然耳边响起很响的掌声，终于，研讨结束了。

我匆忙从五楼冲下来，想看看约我拍照的究竟是谁，可是，在暮色的淡影里，国清禅寺门前空空荡荡，只有那两个石鼎，还在落寞的时光里落寞地守候。

一抬头看到英才路上停靠几辆车子，离车子还有十几步远，就看到我市作协徐习军副主席和我打招呼，徐主席是我的领导，更是我交往多年的老朋友，至此我才明白刚才打我电话的人是谁。徐主席拉着我的手说："快！和陈主席照张相！"我第一感觉，应该是市作协陈武副主席来了，他也是我相知多年的挚友。我赶忙来到车门口，迎接陈武主席。

车门开了，下车的却是一位白发幡然的60多岁的老者，身板敦实，略有些驼背，乍一看，像个有文化的工人师傅。可待人温和周到，透着知识分子的儒雅和蔼。但往往，不经意间的一个眼神，却会闪出几分凌厉的光来，令人心神一震。纳闷间，习军主席就一手拉着老者，一手拉着我，在桃李园中汪德昭院士的铜像前三人合影留念。合影完毕，老者又拉着我，说，"我和小吕老师单独合个影。"身体贴得很近，在初冬傍晚的冷风里，我的心里顿觉丝丝温暖。

老人给一张名片，然后笑嘻嘻地说，"来北京欢迎到我那里做客。"又吩咐照相的那个年轻人说，"刘秘书，别忘了回去把合影发给吕老师。"匆匆间，习军主席携老人离开了校园。

很暗的微光，名片上赫然印着的几行文字，让我既惊讶又兴奋："全国政协常委，中国作协副主席陈建功"。

他就是陈建功？他就是带给我大学岁月如"飘逝的花头巾"般那段渐行渐远的青春岁月的时代歌者？他就是拥有如"丹凤眼"一样美丽，"鬈毛"一样生动文字的文学大师？十年的挖煤生涯，在他的内心和外表都刻下了印迹。成为专业作家已近30年，他的脸色依然黝黑，写作上也始终把自己的视角平放又平放，借用张爱玲的话来说，就是低到了尘土里，却又从土里开出花来。那花，就是他笔下那些予人深刻印象的普通人。他们不只形神兼备，性格鲜明，人性丰富，更在时代和偶然性的左右下，命运跌宕。那些挖煤的工友，遛鸟的老人，看似大大咧咧却又细心善良的片警……陈建功老师用他的笔，为我们绘出了一组普通人的生动而又永恒的群像。

《中华文学通史》中对陈建功老师有一段恰如其分的评论："那刻画人物的艺术雕刀，常能有力地突入性格的深处，开掘出性格的、社会的、人生的底蕴。它的叙事手腕，融合了古典小说特别是宋元话本的优秀传统和五四以来新格式的短篇小说的意识经验，显示了高强的艺术控驭力。他的文学语言，在老舍京味语言的基础上，博采新时代、新时期北京民众的口语，熔铸成既有旧京韵味又有城市新风的现代京白，很富有艺术表现力。"

今晚，我打开和陈老的合影，一股热流又在冰冷的寒夜浸染全身。眼前，又浮现了陈老幡然的银发，慈祥的微笑，朗朗的声音……记得陈老在他写的一篇文艺评论中曾这样说，"我认为，干净的文学，首先是人格的独立。没有人格的独立，纯粹是为了功利，很难有什么'干净'可言。"

干净做人作文，拥有属于自己的性格——不管自己怎么渺小，但我要努力像陈老一样活着。

# 站立成芦苇的模样

一夜秋风，把圩丰大洼里的万顷芦苇，写意成在苍茫和沉郁中伫立的老人：满头的银发，在飒飒的西风里飘舞着，偶尔几缕向远方漂泊而去，就像雪花一般地消融，变得无影无踪了；而瘦削的身子还是铮铮地屹立着，尽管已近枯槁，却倔强地把自己站立成黄金一样的雕像。

就在这芦花飘雪的晚秋，我和文联的几位好友，去拜访一位在市县文坛富有传奇色彩的卢中林先生。

卢老曾任圩丰小教助理，却辞职提前退休。在退下的十几年时间里，创作了洋洋几百万字的十几部章回体长篇小说，被誉为继李汝珍《镜花缘》后，连云港市写章回体小说第一人。

这么多创作的成果，这么一大把的年纪，这么一副多病的身躯，似乎这些很对立的内容，不可能集中在卢老一个人的身上。就像他的小说《血洒黄海滩》碧血横飞的惨烈，《烽火人生》情天恨海的悲壮，《乱世喋血记》也真也幻得迷离，《骆氏神医传奇》风云际会的动荡……这些跨越时空的丰富的故事内涵，让人很难和身居斗室总是在桃李园里默默耕耘的一位老教师单调的生活联系起来。这么想着，笼罩在卢老身上的传奇，就越发弥漫着神秘的色彩，仿佛从身边匆匆隐去的芦苇荡，里面究竟有多少鲜为人知的秘密？恐怕有多少棵站立的芦苇，就有多少个扑朔迷离的故事吧。

思绪如飘雪的芦苇，在袅袅的秋风中飞舞着浪漫的情思。

直到"五愚堂"——这三个遒劲的大字，在苇叶翠黄的掩映中依稀显现在我们的眼前，漂泊的思绪，才款款地落在这片粉墙乌瓦的小屋上。

一位 60 多岁的身材魁梧的老人，脸上挂着慈祥的微笑，静静地守望在小屋的门前，不用说，他就是卢老先生了。

卢老衣着很特别：上衣留着对襟，蕴集着古韵，棕褐的色调，让古韵又多了几分厚重，自然让人想到他笔下侠骨柔肠的剑客模样。

"进我的五愚堂吧。"语气很和蔼，却更多几分洪亮。

文友们在卢老热情邀请声中，都到他的书房里，翻阅满架的藏书和他近期的新作；我却驻足在《五愚堂铭》的字画前，边默默地品读铭的内容，边默默体味"五愚"的真谛。是啊，"辞官归隐""力拒重金""乐于务农""为人作嫁""代友受过"，哪一点都是愚不可及的事情，可卢老却熙熙然享受其中，这难道仅仅用他许多作品里张扬的一个"侠"字就能概括吗？

这样想着，我的脑海里就浮现出几幅和卢老相关的芦苇的意象。

是春风骀荡的盛春，萦绕在卢老门前屋后的芦苇，已飘扬起绿色的旗帜，在葱茏的绿意里勃动着昂扬的朝气。正值中年的卢中林在去洋桥农场的路上，他要去做小学助理。望着绿浪滚涌的芦苇荡，他的思绪也如苇浪一样澎湃着：学校发展的蓝图已经绘就，近百万元的建设经费已筹措完毕，他要把小学校做大做强，用自己的双手，在芦苇大洼里矗立一座现代化的示范小学……一阵南风吹过，芦苇荡响起了哗哗的声响，是在回震着他坚定的跫音，还是在应和着激荡在他心海里不息的思潮？

夏雨如箭，电闪雷鸣中回荡着飓风的长啸。芦苇大洼躁动的野性，被暴风骤雨唤醒了。戴一顶斗笠，披一身蓑衣，刚从学校辞职归来的卢中林，久久地伫立在似乎狂暴的芦苇荡里。是的，这狂野的自然，早已铸就了他疏朗不羁的个性；心里的蓝图虽然已经变成现实，生性耿直的他却难以承受人言的纷扰和世事的繁杂——他回来了，他又回到芦苇大洼的怀抱。此刻，公务的烦琐，早被淋漓的雨洗尽了；他脑海里婆娑着的，是曾发生在芦苇荡里一幕幕被岁月尘封的往事：一批批被封建统治者逼进芦苇荡的穷苦人，揭竿为旗，斩木为兵，在芦苇大洼里纵横驰骋，演绎着一段段腥风血雨，滴血凝泪的悲壮……

"不能做在芦花被下卧雪眠云的所谓的隐士，要去书写龙王荡如火如荼的烽火人生！"无垠的苇海翻腾着墨绿的浪花，就如同卢老滚涌着的情怀。暴雨住了，他也静静地走进了自己的半闲居书斋。从此，青灯黄卷掩隐着芦青苇黄，而就在大洼青黄色调的变化里，一卷卷浸染着卢老心血的长篇小说相继问世了。

"芦荡青纱故事多，生花妙笔颂崔峨。春秋十易字百万，人世何忧有蹉跎。"突然想起我市散文家彭云老先生对卢老的赞语，我终于明白，是荡漾在卢老身边的这泓秋水，把他洞察人生的眼睛洗得更深邃；是站立在卢老堂前的万顷青纱，让"愚""智"这些世俗的哲学，幻化成一缕缕舒卷自如的云岚，在他心海里天马行空般地飘浮着。

那顿午餐，我和几位文友喝得很醉；那天下午，我们相依着芦苇睡得很沉。卢老却是一个人走向芦苇的深处，直到把自己融在翠黄的苇海里。

# 老黄其人

老黄，是我在省教育学院脱产进修时结识的一位很要好的朋友，当过兵，退伍后在南京艺术学院做门卫，常穿一身褪色的黄军装，因此我们都喊他"黄军装"，真名却忘记了。

老黄很健谈，总喜欢在晚自习后来我们宿舍聊天，海阔天空，天南地北，一谈起来就眉飞色舞，似乎洪水决堤，收也收不住。

起初，同室的人对他都很感兴趣，见老黄来了，又是打招呼又是泡茶水；但时间长了，宿舍里的人渐渐就有些讨厌他了，常常在老黄讲得最得意的时候，冷不丁地从哪个床位冒出一句冷冷的话："老黄，时间不早了，你回去吧！"这时，老黄就会尴尬地笑几声，边说对不起，边急急地退去。

有时，我劝老黄：晚上在家陪老婆带孩子多好！每每在这个时候，老黄就显得特别沮丧，嗫嚅着嘴说："老婆嫌我没文化，我不想在家看她冷眼……"

有一次，老黄挺神秘地拉我到他家做客，说要让我看一些珍贵的东西。当老黄把裹了几层的布慢慢解开之后，我着实吃了一惊，原来里面竟收藏着几十卷字画。老黄小心翼翼地摊开了几幅，赫然映在我眼前的都是一些书法大家的名字：林散之、尉天池、陈大羽、费新我……

看到我目瞪口呆的样子，老黄就笑着说："这些，都是我利用工作之便讨来的。我常常带着女儿到这些大家的府上求教书法，也许我态度太诚恳，也许我的女儿很可爱，每次都是满载而归，嘿……"看得出，老黄很兴奋。在我的印象里，也许这是他最幸福的时刻。

临毕业的晚上，老黄捧着一本笔记本让我留言，我就写了一些祝福的话，字很草，老黄却点头不住地赞叹："文人就是不一样，字也有文人气！"在汽车上，我才发现我的包里有两张宣纸，打开一看，都是老黄托南艺的书法家替我写的赠言；还有一本《文学鉴赏字典》，老黄在扉页上写了几行歪歪扭扭的字，大意是叫我别忘了彼此间的友谊，以后来宁要常到他那里看看。

上个月，我到省教院参加语文骨干教师研修班。分手10年了，我真想再见一见老黄。可是，他居住的那幢旧楼已被豪华的"百草园"宾馆取代了，打听了许多人，都不知道老黄的下落，我的心一下子怅惘起来。

什么时候，能再见到老黄呢？

# 情思袅袅故乡路

"像一首古老的歌谣，用平平仄仄的诗韵，吟哦着故乡的沧桑。"在一首题为《路的变奏》的小诗中，我这样深情地缅怀故乡的路。

在少年的记忆里，故乡的路有太多的忧伤。槐花是一位很要强的姑娘，人长得像她的名字一样漂亮。读村小时，她是我的同桌，成绩总是很优秀，但家境贫寒，让她难以继续读她深爱的书，在向爸爸再三争取未果后，她服下了农药。

槐花死在了去医院的路上，她死得很安详，也很平静，只是鼻孔处淌了许多血，如一朵小花开放在她那稚嫩的小脸上。

其实，这朵美丽的生命之花是不应凋谢的，药水才喝小半瓶，医院距我们村也只有三四里地，但泥泞的路，让槐花失去了宝贵的抢救时间。细雨迷蒙，像一条盘绕着的长蛇，路，张开大口，正狰狞地伏在村旁。

在求学的跋涉中，故乡的路有太多的艰辛。

村里通往县城的路，是一条多年没有整修的石子路，路窄且不平，机动车跑不起来，几十里的路我都是用脚一步一步量到县城的。特别是冬天的雪后，滑滑的，脚踩在上面，好像是走在冰面上，背着几十斤的粮食，一步一个趔趄地往学校赶。北风飕飕地刮着，汗水唰唰地流着，头皮上冒着热汗，头发梢却结着一层薄薄的冰，稍不留神，便是重重的一跤……

故乡的路，也凝结着姐姐对我的深情。

周末回家，姐姐总是骑车来接我。可是，有一个傍晚，我却没有听到姐姐熟悉的车铃和亲切的呼唤声，等到我匆匆赶到家里，已是晚上八点多钟了。母亲说，姐姐是和往常一样，在下午五点多钟就骑车去接我了。一种不祥的预感笼罩着我们全家。我呼喊着姐姐的名字，一路向前找，终于，在路沟渠中，发现了栽在沟中昏迷过去的姐姐。借着手电筒，我看到姐姐的额头与手臂上满是鲜血，脸肿得好大好大……我伏在姐姐的身旁，哭成个泪人。姐姐醒过来，用温柔的目光望着她的弟弟，虽然想努力朝我笑，却不能做到。我看到她的脸上在抽搐，我能感觉到她那刻是多么痛苦。

然而，这些滴血凝泪的往事，都被一条混凝土浇灌的灰色的长龙激荡而去。20年过去了，当我乘上公交车，驰骋在那宽敞平坦的204国道上，看到国道从我们的家乡穿越而过，看到路旁鳞次栉比的民居，星罗棋布的厂房，看到"一水护田将绿绕"，我深切地感到，我的故乡已踏平岁月的坎坷，昂首迈向快速发展之路。

# 素心梅

镇上养花的崔老栽培了一种梅的精品，叫素心梅，我决心去欣赏欣赏。

崔老曾在小教干了 30 多年，清清白白，磊磊落落。退休后，他筑石屋两间，辟花园几垄。"不求日日杯中满，但愿朝朝圃花开"，调弄花草，怡然自得。

一缕素雅的清香，随风沁入我的心脾。抬眼望去，满树灿烂的嫩黄，像天上飘落下的云彩，热热闹闹地把她的鲜艳与润泽映入我的眼帘。素心梅，好一个美丽的名字！一见到你，我的心就像秋天的碧水，澄碧清透；就像冬日的雪野，皎洁无瑕。

一双大手，越过矮矮的石墙，重重地落在我的肩上："愣着做什么？快进来吧！"是崔老。他的身材还是那样的魁梧，精

126

神还是那么的矍铄，眉目还是那么的慈善。

推开矮矮的园门，我便来到了梅的身下。崔老轻轻地抚摸着梅枝，细细地和我拉起了梅的话题。从"疏影横斜水清浅，暗香浮动月黄昏"的诗意，到"零落成泥碾作尘，只有香如故"的坚贞；从"不要人夸好颜色，只留清气满乾坤"的高洁，到"俏也不争春，只把春来报"的沉默中的伟大，不知不觉中，崔老已把梅文化渲染得酣畅淋漓。

"那么，我为什么要把新栽培的品种叫素心梅呢？"崔老忽然停下了话题，静静地凝望着我。

"也许，她能陶冶人的性情吧。"回想来时的感受，我这样回答。

"也不全是。"崔老的目光又移到了梅花的身上。

"少时读《爱莲说》，知道莲花的美是'出淤泥而不染，濯清涟而不妖'，我想步周老的后尘，写一篇《爱梅说》。梅的品质在于她的'傲群芳而不骄，临寒风而不凋'，取梅名为'素心'，是有'留素心一瓣，溢清气满身'的意思……"

崔老还在娓娓地说着，我的目光却定格在梅花婆娑的情影所映衬的崔老那魁梧的身躯上，我似乎又从中领悟到"素心"的另一层含义。

分别时，崔老送我一张相片，是他和漂泊在台的1949届板浦中学老同学的合影。背景，还是那株热烈绽放的素心梅；背面，写着老同学赠给崔老的诗歌："冽冽风中满院栽，蕊寒香冷烂漫开。两岸同胞相聚日，素心万枝入君怀。"

# 四　爷

真没有想到，年初刚刚生了一场大病，已经 82 岁高龄的四爷，突然说要回大陆。秀莲妹来信说，老人很怀旧，病刚好些，就整天念叨着要回家，说要帮爹爹奶奶烧些纸钱，帮过世的大爷、三爷、五爷填填坟，接济接济手头还不太宽裕的老邻居……

在南京的碌口机场，我第一眼看到阔别五年的四爷，我真的很想流泪：原来很胖的身子，如今已瘦削了许多，因为个子小，看上去就更单薄了；尽管拄着拐杖，走路还是颤颤地，寒风一吹，就像一片在初冬里婆娑的落叶。

可是，登上回乡的轿车，他老人家却是很兴奋，不时把脑袋探出窗外，说是要感受感受家乡几年来新的变化，却一次次被我们强捺进来，为此不少挨四爷的训斥。看到他手舞足蹈的模样，仿佛就是一个大孩子。听同来的秀莲妹说，回乡之前，四爷已是两天两夜没有睡好觉了，硬拉着几个孩子打牌。说到这时，秀莲重重地打了一个呵欠，显得很疲倦。

可四爷的话匣子才刚刚打开，先是谈五次回大陆一次比一次更好的感受，接着谈起漂泊台湾的辛酸与苦涩，虽都是老生常谈的事了，可四爷还是那么地用情，说到伤心处，眼眶总是湿湿的。

我忆起十几年前四爷第一次回家的情形。他带来的物品很多：首饰、衣服、手表、电视……和同来的几个台胞相比，他似乎是个富翁。因为老弟兄多，四爷的侄儿侄媳侄孙就很多，每当孩子们来看他，总会拿到不菲的物品。四爷和四娘都很兴奋，忙着帮晚辈们戴戒指、试衣服、挂项链……我却看到他们的手，那是双怎样的手啊：新旧老茧堆砌着，一根根青筋鼓绽着，乌云般的老人斑密布着……如果不是秀华哥说，这也许永远是个秘密：四爷四娘是依靠着面积不到四分的田地，起早摸黑种菜、卖菜，才积聚了这点钱。可是，在物品分发时，也会发生点不愉快的事，就是几个侄儿侄媳因为对分到的东西不满意或不喜欢，闹个不欢而散。这时，四爷总是显出很愧疚的神情，安慰晚辈们说："是四爷的错，下次再补给你们吧。"

想到这里，我禁不住深情地注视着坐在身边的四爷，他还是穿着5年前的那套西服，虽皱得厉害，却洗得新新的。四爷说，这可是他做新郎时的礼服，虽然快50年了，穿着它，还会有一种温暖的感觉。想到还躺在台北医院里的四娘，四爷的眼角挂着泪花，显得很凄然。秀莲说："爸，我们永和县远近谁不知道您对妈妈好？住院近四年了，花了几百万台币，把家里的房子都押给了债主，医院多次劝您放弃无望的治疗，可您边搂着母亲边流着老泪，决绝地拒绝，您真的很对得起妈妈！"

一种浓浓的忧伤弥漫了车子，四爷默然，秀莲也默然。为了调节四爷的情绪，我就问："听说台湾陈水扁要搞什么'台独'公投，四爷，台胞的民情怎样？"

"姓陈的是福建人，却说自己不是大陆人，真是背叛祖宗的逆子，假如他到我面前拉票，我会狠狠地揍他一顿。"四爷脸上的肌肉一抖一抖的，显得很气愤。秀莲接着说："搞'台独'，像爸爸这样的老人不同意，大多数的年轻人也是反对的。现在，台湾每天都有人集会游行，抗议民进党搞'台独'。"

车窗打开了，一股清新的风吹了进来，虽然有些寒意，却让人感到很惬意。

"年纪老了，行李不能带得太多，这次回家，我可有点寒碜了"，四爷唠叨着，脸上又显出十几年前的那种愧疚。

一滴热热的泪，悄然地落在手上。不知什么时候，不知为什么，我流泪了。

# 为了那一双双祈盼的眼睛

躺在首都协和医院的病床上，苏建民老师的心情很不平静：快开学了，新一届高三的学生还在等着他，可医生却建议他住院全面检查。摸着隐隐作痛的胃部，苏老师想了好多。

近20年来，自己一直担任高三年级的英语教学工作，有时两个班，有时三个班，甚至还要跨年级。工作时间就得向两头延伸。妻子也在高三，高强度的工作节奏，超负荷的工作担子，紧张的工作时间，难以让他们一家能享有普通人该有的生活的悠闲与平和。

"总是吃快餐面！"看到摊在碗里的那白花花的一团，女儿嘴噘得老高。有什么办法呢？事情多，任务重，只能把吃饭的事当作是填饱肚皮的义务了。

"饮食结构不合理，营养供给不足，你的胃病很严重！"

131

主治大夫表情严峻，语气中包含着焦灼。

苏老师却听不进大夫的话，望着天花板上一盏盏明亮的吊灯，他似乎又看到了同学们一双双期盼的眼睛。

"苏老师，早点回来，同学们都在盼望着您！"

几朵泪花，闪烁在苏老师的眼眶中。

1990年，妻子的眼睛患了角膜炎，手术结束不久，自己就狠心地抽开她拽得紧紧的手，匆匆赶回学校。

1995年，父亲患癌症住院。痛苦的呻吟声像刀子一样，割裂着他的心，安排好护理的医生，又默默地擦去老父眼角浑浊的泪，沉重的脚步撑着一颗沉重的心，他，又坚持着走进了教室。

脑子里有无数的小蜜蜂在嗡嗡地闹着，眼前有许多的小金星在陆离地闪着。工作的担子压迫他羸弱的身子，一天的课上下来，他的身子骨总像散了架。

"我要回去！"苏老师的口气异常坚定。大夫的眼睛中充满着惊讶和无奈，妻子的眼睛中，饱含着责备和怜爱，似乎是一颗颗流星，倏地从苏老师的眼前划过；脑海中，几百双期望的眼睛，在莹莹地亮着，仿佛是一颗颗灿烂的星斗……

# 永远的泪花

　　板浦初级中学的师生都知道我们的徐加法校长是条硬汉子，他行伍出身，艰苦的军旅生涯，磨炼了他的坚毅和刚强。不管遇到多么大的困难，他的眉宇间总是洋溢着乐观和豁达。

　　长期的伏案劳作，徐校长落下了严重的颈椎病，发作起来，钻心的疼痛。永难忘记，在一次数学课上，他的颈椎病又发作了。他一手撑着讲台，一手抵着自己的腰，脸色蜡黄，豆大的汗珠滴答滴答地往下掉。看到这种情景，我们班几个女同学都吓哭了，几个个子大的男同学连忙把徐校长往校医室里架。徐校长却说："老毛病了，没关系的。同学们的课可不能落下。"徐校长尽力地向同学们笑着，好像是在平时和我们和蔼地谈心。可是，看到他浸在汗水里痛苦的微笑，我们的心都像刀割一般的难受。在那个时刻，我竟然盼望着他能流几滴泪

133

水，来洗去他的一些痛苦，让我们同学们的心里好受一些。

徐校长的爱人，一位在食堂里打杂的很普通的临时工，在一次帮同学们抬稀饭的时候，一不小心滑倒在地上。滚烫的热饭泼在她的身上。她当时就疼晕了过去。在板浦医院的急救室外面，徐校长痛苦地徘徊着，也许他真的很愧疚，作为一校之长，如果他能听从别人的劝说，把爱人的工作安排得轻松一点，也许灾难就不会降临到她的身上。但从徐校长和同学们吃住在一起的生活习惯来看，从他把自己唯一的儿子工作安排在别的学校来看，优裕和安闲，享受和特殊，永远是和他无缘的。经过紧张的抢救，医生告诉他，病人的生命已经没有危险，但最好转到市人民医院去治疗，不然，会留有残疾。但省示范学校的验收工作正紧锣密鼓地进行着，在这个节骨眼上，学校的工作一时也离不开他啊。在叮嘱了儿子几句之后，他又急匆匆往学校赶去……

现在，省示范初中已经顺利地通过验收，校园内洋溢着喜庆和欢乐。当喜庆的歌声在校园里甜美飘荡的时候，徐校长的爱人却辗转在病床上痛苦地呻吟；当欢乐的鞭炮在校园里脆脆响起的时候，徐校长却默默地伫立在那棵百年皂角树下，好久、好久……

许多的事情是祸不单行的。就在那一年，徐校长久病的父亲离开了这个世界。当时正值学校中考最忙碌的时候，局领导和学校的老师都劝他回家料理丧事，徐校长心情沉重，幽幽地说："中考是大事，让别人代理领导工作，不合适的；我有几个兄弟，缺少我一个，丧事也能办理。"等到三天考试结束，徐校长急匆匆赶回老家，那时老父亲已经火化安葬了。二哥告诉他，临终时父亲的神志非常地清醒。他睁大着眼睛在等着自己孩子的到来，他是多么地希望自己的孩子能够在自己的身边。可是，一直到他离开这个世界，也没有等到，老人是睁着眼睛走的。跪在父亲的坟前，听着兄弟们叨叨地责怨，想着父亲病重在海州住院期间，自己忙于工作，仅仅去探望过一次；想到父亲见到自己，一边叹息着，一边把头转向了床的里边；想到自己入伍的那一天，在村口，父亲紧紧地拉着自己的手，老泪纵横的情形；想到远在外地的弟兄们都能赶来看父亲临终时的最后一眼，而近在咫尺的自己却不能送老人走完人生的最后一程……滚烫的泪啊，终于像决堤的水，哗哗地流了下来……泪水，浸湿了徐校长的衣襟，浸湿了坟前萋萋芳草。脊椎的剧痛折磨他的时候，他从不流一滴泪水；学校在艰难中奋力爬坡的时候，他坚毅的脸上总是洋溢着自信而乐观的微笑。"男儿有泪不轻弹，只是未到伤心处。"现在，就让徐校长哭个够吧，让泪水洗去积压在他心里沉甸甸的愧疚，让泪水洗出那副铮铮铁骨下温柔善感的灵魂。

# 好一朵美丽的茉莉花

"像一朵淡雅的茉莉，把清香飘溢在沸腾的校园；像一棵临风的玉树，把青春的绿色倾洒在五月。"在看完"歌坛才女"周艳泓来我校义演后，我这样深情地赞美她。

是的，连续三年荣获央视 MTV 大赛金奖的她，连续三年走进央视春节联欢晚会的她，以亚洲有资格参赛的唯一女歌手的身份，跻身"世界音乐家舞台"，蜚声维也纳的她，清清纯纯，磊磊落落，潇潇洒洒地从县体育馆唱到杨集中学，又走上板浦中学由几张课桌搭起的舞台上，面对成千上万双火热的眼睛，沐浴着五月的和煦的南风，认真、诚挚、热忱地为板中的师生奉献了一首又一首沁人心脾的金曲。清澈的双眸，流淌着眷眷的真情，洒在父亲 15 年辛勤耕耘的热土上；晶莹的汗水，悄悄地滑落，滋润着自己心灵的家园。那顶鲜红的小红帽，轻盈地漂浮在那缕黑色的瀑布上，恰似盛开在这片茫茫人海中的一朵鲜艳的茉莉花。

如今，演艺圈越来越浮躁。在聚光灯的闪烁中，一些所谓的"大腕"越来越迷失自我：有的人发了，发得腰缠万贯，金玉满堂，奋飞的翅膀在黄金的重压下，吱吱欲折，再难飞向高远的蓝天；有的人旺了，旺得大红大紫，大富大贵，膨胀的大脑已难容纳亲情与友爱；有的人栽了，栽得鼻青脸肿，声名狼藉，昔日的"金童"沦落成风雨中的浮萍，飘摇在陌生的他乡。

而周艳泓，就像一泓涓涓的清泉，超越这浑浊的池塘，以她的清澈、纯真、美好，滋润着青春，孕育着希望；又如这五月的太阳，以她温暖的光辉，把喧嚣的尘世折射得多姿多彩、隽秀明媚。

"好一朵美丽的茉莉花，芳香美丽满枝丫，又白又香人人夸。"走近周艳泓，我仿佛闻到了中国歌坛的缕缕芳香，一个纯正的人格，正在当今的歌坛上，绽放着一朵美丽绝伦的茉莉花。

# 古镇文脉传承人

认识姚祥麟，是在去年我县第一届美食节期间，板浦美食一条街上。那时，听着他如数家珍般给我们讲解古镇饮食文化历史之久，品位之高，影响之大，我们似乎从老姚的身上看到古镇板浦饮食文化辉煌的影子。等到走进了他的生活，读他的近著《板浦春秋》，才发现，那时我们的判断是多么狭隘！蕴藉在老姚身上的古镇文化的内涵是多么深广！

老姚是古镇文化辛勤的挖掘者。这种呕心沥血的艰辛集中表现在他对饮食文化的发掘、整理、宣传与张扬上。汪醋是古镇传统的名特产品，有着300多年的历史，但由于缺少对醋文化的深层挖掘，到20世纪80年代初，还一直是原始作坊式的手工操作，年产量不足200吨。自1982年起，老姚在国家、省、市、县各级报刊上发表宣传汪醋的文章30多篇，特别是

138

协助拍摄了三集电视连续剧《醋圣》，在中央电视台播出后，汪醋声誉鹊起，知名度不断提升，接连创地优、市优、省优直到现今的部优。从原来单一的传统调味型发展到三大系列二十多个品种，年产量达 3000 吨，年税利过百万，一跃成为苏北地区最大的食醋专业生产厂家。

汪醋打造的成功，极大地调动了老姚挖掘地方饮食文化的积极性。几年来，以"吃在板浦"为宣传系列，他积极为县市电视台提供素材，撰写文章，让古镇颇有特色的饮食产品，如黄四麻香肠、罗氏小脆饼、大连好凉粉等，走出古镇，跻身超市，蜚声市内外，为地方经济的发展，滋补了强劲的血液。

板浦是一座千年古镇，孕育了以李汝珍、二许、凌廷勘、卞赓、汪氏三兄弟为代表的一大批文化名人。老姚沉浸于古镇的古典文化，就像饥饿的人扑在了面包上一样。他潜心研究《镜花缘》，一头钻进李汝珍纪念馆，一待就是一整天。发表《镜花缘》有关研究论文 60 多篇，老姚现担任连云港市《镜花缘》研究会常务理事，副秘书长，曾三次代表我市出席全国《镜花缘》学术研讨会。他创作的电视剧本《李汝珍》，在《连云港文学》发表后，在市内外学术界产生了较大的反响。

老姚于学无所不窥，尤喜欢文史钩沉和对古典名著、历史名人的考证研究。他还是市《西游记》研究会会员，市历史研究会会员，江苏省明清小说研究会会员，市作家协会会员，市民间文艺家协会会员，并被台湾海州乡土文化研究社聘为荣誉研究员。

作为第一批市作家协会会员，老姚扎根于古镇厚重的文化沃土，勤于笔耕，四十多年来锲而不舍，在各级各类报刊上发表文章 300 多篇 40 多万字。作品文风朴实、幽默、老练，而且体裁广泛，有中篇小说、诗歌、民间文学、报告文学、散文、杂文、地方风物志，以及电影电视剧本、小品曲艺剧本等。特别是近期创作的《板浦春秋》，是老姚几十年积累的有关古镇的历史、文学、地理、民俗等精华的结晶，也倾注了老姚汗水与心血。全书 35 万字。任之通将军为之题写了书名，我市著名作家彭云在书的《序》中这样评价："这是一本第一次详尽叙述板浦镇全貌的好书，我相信，随着时间的向前推移，它会越来越显示其珍贵的文献价值的。"然而，由于经济的拮据，《板浦春秋》至今未能付梓，在此，我们衷心祝愿老姚的力作能早日面世。

老姚现任板浦镇政府档案文书、镇党委办公室主任、纪委干事、镇党校专职副校长，公务繁杂而忙碌。但他有自己工作的座右铭："承前启后铺路石，继往开来做人梯。"任劳任怨，被誉为机关的老黄牛，多次被评为县镇优秀党员、先进工作者，多次当选镇党代会代表和人大代表。工作压力大，生活担子重，却能取得这么大文学创作的成就，令人钦佩！

在和老姚告别的时候，我们无意间看到了张贴在他卧室里的一幅字画："老骥伏枥，志在千里；烈士暮年，壮心不已。"这正是他矢志追求，执着进取的真实写照。

第三辑

# 清浅岁月

　　简约的日子，如涓涓清泉，淌过清清浅浅的时光。愿做流年美景的导游人，带你乘一叶扁舟，缘溪而下，看夹岸桃花，望云卷云舒，听花开花落……于岁月积淀的红尘，体味烟火之外的诗意。

# 渔　趣

　　贫穷与饥饿填塞着我童年的记忆，因而，在荒芜与苍黄的田野里，收获不到庄稼；收获到的，只有满眼的凄清，还有一肚子的无奈。

　　许多事情都是相应而生相逆而行的。就像那个晦涩的年代，土地不能给乡亲们带来生活的快乐，造化就把所有的幸福与趣味，从岸上一股脑儿投掷到水中。那一条条很清很亮的小河，那一个个很静很幽的池塘，就成了供给人们欢笑与愉悦的营养源。无疑，那些跳跃着游弋在水中的鱼儿们，扮演了救世主的角色。

　　说也奇怪，那时候，土地就好像和耕作它的农人们铆足了劲，死活不呈现预示丰收的金黄，枯黄却是田间地头最茂盛的风景；而河里的鱼呢，却又是出奇的多，多得随便向河塘里扔一块石头，就会有不幸的鱼们"饮弹"漂浮在水面……站在清冽的水中洗菜或者淘米，最惬意的事，就是享受一回一尾尾小鱼在自己腿、臂上尽情地吮吻。鱼儿们疏密有致地分布，用力均匀的叮咬，翔游浅底的飘逸，时沉时浮的从容……不像是水府里精灵，却像是人类群族中的一支。掬一把汪汪一碧的水，在丽日折射的七彩的光环里，小鱼们在手心里欢快地跳呀，那开心的样子，真像是一群流浪河塘的游子，归宗后被亲人接纳得万般欢愉。再把手放进水中，在清澈与澄碧中，小鱼儿们却久久不愿意散离，围着你的腿，拥着你的臂，亲昵地吻着，那种酥痒的感觉，是注入心窝的蜜，是直透神经的爽。

最新奇的是我的钓竿，长约尺余，线长也尺余，鱼钩呢，是用大头针土制而成。站在石矶上，姑娘们洗衣的清浪激荡着浮标，鱼儿咬钩的信号也随之被激荡而去；而她们散落在水里一串串银铃般的笑语，和着捶衣啪啪的声响，仿佛在给鱼儿们报去垂钓的信讯。我却不怕，钓竿就随意地提吧，保准有贪嘴的鱼儿，洒落着亮莹莹的水珠，边亮莹莹地跳跃在蓝天碧水间，边活泼泼地把鲜肥的身子交到你的手中。我家矮矮的草房就临河搭建，鱼儿以每分钟一条的频率从水边向我家场院飞去，直到母亲又在喊："收竿啦收竿啦，家里也没有油，这么多的鱼怎么吃呀。"我才快快地从水中抽出被小鱼儿叮咬得有些麻木的腿……中午照例是烧鱼汤，浓浓的鱼香浸染着屋顶的每一根茅草，在蒙蒙的雾气里传递着农家的祥和；白白的鱼汤，像母亲的乳汁，在默默地滋补着我们兄妹因营养不良而充满菜色的脸。只有在这个时候，因饥饿压迫而充满沉寂的草屋里，才荡漾出一缕缕久违的笑语……

我的几个叔叔大都喜欢捕鱼，也各有各的妙招，二叔用渔网，网撒得漂亮而有诗意，圆圆的，先飘忽在碧碧的水上，然后，是最大面积地落入水中，当然，每网都是沉甸甸的收获；三叔用挑罾，都是四五尺见方，用纱布做网面，对角穿以线绳，缀以鱼饵，一般是七八面均匀地置于浅水边，三叔吸完一袋烟，就去挑罾了，总是一大茶缸一大茶缸地舀着入网的鱼儿，半天就是满满的一大鱼篓，当然，鱼的个头都不很大……而我最崇拜的，则是五叔用大罾捕大鱼了。

每逢夏日暴雨后，正是大鱼成群结队随流迁徙的时候，五叔就把大罾整治得结结实实地，扛在肩上，对我说："侄，逮大鱼去。"

说五叔是捕鱼的高手，首先是能把落罾的地点选得非常准确。五叔常常是在水流交汇水流湍急的地方落罾，他说，是守住捉拿"曹操"的"华容道"了；其次，是对起罾火候的把握。到现在我还不明白，五叔起罾时间的长短并不同，可很少是空罾的，而且捕到的鱼个头都很大；最后是大鱼的抓获率。进渔网与进鱼篓是大不相同的概念，能把大鱼稳稳地从网中拿住，然后稳稳地送入鱼篓，一般的成功概率也就是八成。我却很少看到五叔失手的。唯一的特例，是在一次起罾的时候，当罾面出水三分之二的时候，哗哗的巨响和汹涌的大浪让网纲剧烈地震颤，让四角柔韧坚挺的罾梁吱吱欲折。五叔的脸上也出现了以前从没有见过的紧张与兴奋。"是条大的，是条黄箭鱼！"五叔话音未落，就见一条四尺多长的金黄色大鱼，像一支金黄色的箭，穿刺在褐色的网底，黄浊的水喷洒开来，溅起一丈多高的浪花。就在五叔用罩勺舀住它的一瞬间，它的头部尽力地一挺，如同后羿射日的利箭，迅疾地穿透网面，倏地消逝在滚滚的急流中……

这些渔趣，成为点缀我枯黄记忆的最美丽的风景。随着时光的流逝，这种洋溢着诗意的震颤却渐行渐远，日渐富足的乡村生活，像一棵葱茏的树，挡住了我童年美丽的影子，只能在缝隙间偶尔漏下一丝甜甜的回忆。

许多事情都是相应而生相逆而行的。就像这个很躁动的年代，河水已经不能给乡亲们带来生活的快乐，造化就把所有的幸福与趣味，从水中一股脑儿投掷到岸上。在沉甸甸的庄稼金黄色的背景里，是一条条不再清澈的河流，是一个个不再清幽的池塘。野生鱼已成为了稀有的物种，而它又在渔民日益先进日益凶残的捕杀手段的催化下加速着灭绝的步伐。餐桌上的鱼汤已经不再浓酽，这些用激素增生的超大超肥的鱼的异类，把人类给它的毒素通过这碗清淡却泛着异样色汁的汤，再回馈给人类。孩子们呢，照样有"渔趣"，就是在公园的一角，用缀着磁铁的鱼竿钓着嘴里同样缀着磁铁的塑料的鱼。当多少年过去了，我们的后代站在鱼类博物馆里，听讲解员边指着鱼的化石标本，边讲述鱼的生衍、繁茂、灭绝的历史，伟大的人类啊，在征服万物的荣耀里，是否有残酷的悲哀呢？

# 风雨国清寺

　　像一位历经沧桑的老人，国清寺，总是静穆而庄严地矗立在这所同样具有久远历史的校园里。斑驳的墙壁，剥落的窗棂，残破的碎瓦，印满苍苔的幽径……这一切，似乎都在倾诉着她风雨削蚀的昨天。我喜欢读国清寺，像倾听一位老人娓娓的叙谈，像在翻阅一本泛黄残旧的线装书。两页绯色的门扉，锁着一段尘封的历史；一潭幽幽的古井，沉淀着一泓醇厚的文化；枇杷如盖，石榴似火，廊腰缦回，庭院深深……都像一眼眼清洌的泉水，汩汩地流淌着，像在讲述着古老的故事，又像在传唱着代代永恒的思念。

　　晨钟暮鼓，这低沉而浑厚的音响，穿越了整整 921 年；香烟袅袅，那缕缕青烟，飘拂着一代又一代的古镇人虔诚而美好的祈盼。而今，石鼎犹在，静静地蹲踞在古寺前，是在追忆着

147

昨天盐都的兴盛，还是在咀嚼着历史风雨酿造的酸甜苦辣？

走近国清寺，我似乎听到了古镇文化的脉搏跳动的音响。这座佛光照耀的寺院，也滋补了古镇一代又一代的文化的精英。当寺内沉重的钟声悠悠地响起，当滴翠的石榴树点燃起一点点鲜红的火焰，他，李汝珍，总喜欢在这里静习禅定，蕴集才情。正是井水的清冽和温润，让他看清了社会的污浊和冷漠；正是倒映在古井里那片石榴的翠叶，让他悟出了镜花水月的虚无。而贯穿在《镜花缘》这部巨著里的"意出尘外，妍媸毕照"的唯美追求，正契合了佛学向善儆恶的精髓。

在枇杷亭亭如盖的绿荫里，在香烟袅袅的婆娑中，我似乎也看到了经学大师凌廷堪，正吟哦着他刚刚写成的《天池铭》，梦想着用心清如水的品质，去圆"安禅制毒龙"的希冀。我也似乎看到卞赓闻鸡起舞的飒爽英姿。这位清末武状元，怀抱"精武救国"的梦想，练就了一身盖世武功。然而，山河破碎，大厦将倾；他，即使是一棵参天的树，面对摇摇欲坠的残局，终是独木难支。陪伴他的，只能有一把黄土，一弯冷月，还有国清寺专门为他敲响的低沉哀婉的钟鸣。

逝去如斯，国清寺的钟声依旧，回震在千年时空的沧桑风雨里，低回着，萦绕着。直到民国3年，国清寺被整改成灌云县第一高等小学，它，才湮没在朗朗的读书声中。

国清寺催生了一县乃至一个海州地区的新式教育。如果说，根植于这片肥沃土地上的现代教育，像一棵根深叶茂的大树，那么，从国清寺走出的教育家，像方楚湘、朱仲琴、孙佳讯……就是这棵文化树上苍劲滴翠的虬枝。朱仲琴，这位能文善诗的海属诗人，曾先后在《新青年》上发表了《海属社会面面观》以及许多新诗，深受胡适、李大钊赞赏。"春风有意拂工农，我与工农骨肉同。痛痒相关生死共，愿将碧血染丝红。"淳朴如话心语，却应和着新文化响亮的号角。孙佳讯的《〈镜花缘〉补考》，赢得胡适激赏，两人从此书信不断，情谊殷殷，都收集在《胡适文集》中。

国清寺文脉，像那泓清冽的古井水，滋润着一批又一批文化的栋梁。从国清寺改校至今近一个世纪，有近千名专家学者，从那条掩隐着绿叶红花，印满了斑斑苍苔的青砖铺成的幽径里走出古镇，走进社会，走向海外。如今，不管他们身在何处，不管他们业绩多么辉煌，国清寺永远是他们文化的根，情感的源，思念中最温馨的家园。

国清寺也是灌云县革命的摇篮。还在 20 世纪 30 年代，在那片挥洒着浓绿和苍翠的后殿，就成立了党的地下中心支部，从此，革命的思想，就像那抹缀满寺壁的木香花，把馥郁和芬芳洒向每一位学子的心房。当倭寇把战火燃烧到国清寺的山门前，从年迈的师长，到热血的男儿，娇羞的女生，同仇敌忾，坚毅地走向抗日的前线。面对伪旅长重金引诱，朱仲琴校长高唱"短稿只吟真国士，长裾不谒伪公侯"，从容地走向黑暗污臭的水牢；朱平、张明两个柔弱的女生，顶着纷飞的硝烟，投身救亡的洪流，一位喋血武夷，一位香殒黄海。如今，在国清寺的背后，亭亭屹立着二女杰洁白的塑像，雪松掩隐，芳草相依。每当月明星稀，松涛澎湃，国清寺，就唱起那首雄浑的歌谣，为英烈，为从她的怀抱里走出的一批又一批母校的英豪。

此刻，我的耳畔，仿佛响起孙佳讯校长追悼他同窗的诗句："我怀同学陆庆生，宽袍大袖似古人。车上痛击东夷鬼，酷刑不惧下蒸笼。我怀同学武同儒，扁担一会尽英雄。不辞铡刀截颈红，莹莹碧血空中舞"……

国清寺里鲜艳的石榴花啊，浸润了她儿女多少鲜红的血液！

国清寺催生一县新式的教育，推进了一个地区先进的文化，锻造了无数民族的精英。而今，在她的身旁，矗立起一幢又一幢现代化教育的楼群。秉承国清寺教育的精神，一所省级重点中学巍然屹立在苏北，以鲜明的特色教育和优异的高考升学率，让这所江苏省百家名校闪耀着熠熠的光辉。

在校园里耸立着一座千年的古寺，让一座古寺兴盛一个地区的教育，在苏北，在江苏，当数唯一！

我伫立在国清寺绯色的门前，再一次深情地注视着她，那一片欲滴的苍翠，那一抹如火的鲜红，那一汪如玉的纯碧，还有记忆里悠悠的钟声，袅袅的香烟，张张亲切的笑靥，都一起融入绵绵的秋雨里。

# 饮食文化中最奇绝的一章

豆丹，生物学上又称为大豆蛾的幼虫。豆叶茂盛时附于叶上，其色嫩黄，憨态可掬；豆叶凋零时则钻于地下，其色暗淡，状若枯槁。家乡却谓之曰"豆丹"，非取"丹"之色，而因其质也。因为豆丹在动物性的食物中，蛋白质所含的氨基酸的种类最齐全，非常适合生长发育旺盛时期的少年儿童、孕妇以及大病初愈的人食用。科学实验表明，单位质量里蛋白质的含量，豆丹是鸡蛋的 2 倍。在禽流感肆虐的今天，食用豆丹，真是既营养，又安全。豆丹，确是高营养、纯绿色的盘中佳肴。

提取豆丹肉的一般程序是这样的：先把豆丹用水洗净，放入锅中烫煮片刻，舀出后倒入冷水里浸泡 3~4 分钟，然后舀出，用擀面棍擀挤，使之皮肉分离，用清水洗去青绿色垢物后，就剩下白花花的丹肉了。

豆丹的吃法以烧为主，其辅佐菜类以大白菜、丝瓜、白瓜为最佳，切忌用味重的菜（如芹菜、韭菜等）作为辅菜，否则就冲淡了豆丹独特的鲜香的味道；配料除了葱花油盐外，应加入一定数量的辣椒，辣椒的品类必须考究，最好是新鲜的红色朝天椒。生姜最好少放，以免改变汁液的味道。

尽管菜肴与配料都差不多，但由于火候的把握与配菜的比例不一样，因而，一个非灌云籍厨师与灌云籍的厨师烧出的豆丹菜味道是截然不同的。我曾在我们的市区一个较上档次的宾馆里吃了一次豆丹菜，是一个泰兴籍的厨师烹饪的，尽管豆丹的数量可观，辣味也很浓，但不知什么缘故，菜的味道总是腥腥的，有一股泥土的味道，豆丹肉蜷曲在白菜之间，模样怪怪的，让人产生一种厌恶感。

家乡的豆丹菜远远不是这样。随意找一个菜馆，随意找一个厨师，随意烧一盘豆丹，味道，总是香香的；味口，总是鲜鲜的；色泽，总是亮亮的。白嫩嫩的丹肉映衬着黄黄的菜芽、红红的椒丝、青青的葱苗，不要尝了，那味，那色，那香，那型，就让你口中生津，食欲大开，肠胃蠢蠢欲动，两手难控双箸。

灌云人钟爱豆丹，许多外地的人开始都不理解，"不就是一条条无毛的虫子吗？那样子，看了都恶心，吃它，真是一件很恐怖的事。"我曾在餐桌上看到一位苏州的女孩，在厨师的操作间无意看到蠕动着的一条条豆丹，竟吓得大哭起来。在饭桌上，还在抹着眼泪，望着一道道菜久久不愿举筷。我就来了一个恶作剧，边安慰她，边夹了一块豆丹给她，说，"这是我们灌云的特色菜，白菜烧人参，尝尝看，味道怎样？"女孩很不情愿吃了一口，我暗中观察她吃菜的过程，一个细节就被我把握住了。那个很文静的女孩，平时吃饭总是以一个一个饭粒的速度下咽，菜总是以一根一根菜丝咀嚼，但今天却是以迅雷不及掩耳的速度把豆丹滑入喉中，随后，又自己拿起筷子，大块大块地夹着豆丹往樱桃小口里送，仔细看看她的眼睛，还有一潭汪汪的泪水，现在我还不知道，那泪珠，是流过的泪水没来得及拭去，还是大口吃豆丹菜时被大椒辣出来的？像苏州女孩这样，经不起美味的诱惑，成为豆丹俘虏的外地人，真是很多，可以说是"既来之，通食之"。当然，豆丹也自然成为他们口里的俘虏了。

节令不同，豆丹的味道也不一样。仲夏时鲜嫩，晚秋时醇厚，霜至时汁浓。如果不分时节以同样方法烧制，其味口就大为逊色了。有些事情就是这样，越是美好的东西，越需要人们慎重地待它，越需要人们精致地包装。像家乡的豆丹，即使在最旺的季节，也至少是六十元一盘，可谓是菜中佳品了。但如果烹烧不当，就像一块美玉遇到下三流的石匠，它的命运就可想而知了。

刚从"年"中走出来，身上还有一股淡淡的年味；而在我的家乡，我的乡亲们也许还围坐在火炉旁，在品味着豆丹的鲜美时，也在享受着亲情的温馨。"赖不赖，故乡菜；亲不亲，故乡情。"唉，什么时候重回故里，再痛快地大吃一回母亲烧的豆丹菜呢？

# 青青河边草

　　春天来了，和煦的风吹绿了云山灌水。小溪旁，田埂畔，山脚下，小草们招摇着铺开了翠绿的连衣裙，用她们如火如荼的生命，在人间写下了青青的希望。

　　这时节，也正是青黄不接的时候，在儿时苦涩的记忆里，大人们的焦灼和忧郁，总是像阴云一样，浮在他们那充满菜色的脸上。

　　"割些草，听说联运站收饲料，一斤一分钱，去卖点零用钱吧。"

　　"草沤肥也是很划算的。"

　　"打些猪草，一分青草一分膘啊——"

　　田埂畔的草儿，青青的。大人们三三两两地蹲在田头，呛人的烟儿从他们的烟管里连接不断地往外冒，生活的担子压着，他们的话语也显得很沉重。

于是，在村里，从白发老爷爷老婆婆，到像我这么大的六七岁的孩子，柳篓上都插着锃亮的镰刀，成群结队地到田里割草。有什么样的事儿能比艰苦岁月中一幕幕的辛酸更让人刻骨铭心呢？我曾亲眼看到一位年迈的老婆婆蜷曲在田埂上。饥饿、衰老和过度的劳累，让老人难以背起那塞得很紧很高的草篓，她晕倒了。青青的草色映衬着老婆婆苍白的头发，苍白的头发下，是一张苍黄中又多几分惨白的脸，已经褪色的打满补丁的长裤上，沾满了泥巴和杂草，湿漉漉的……

我曾亲眼看到一位名字叫亮儿的小伙伴，背着比他高出许多的草篓，负着比他沉得多的重量，脚儿颤颤地淌着河水，却失足在深沟里，淹没在湍急的河流中。亮儿连一句"救命"都来不及喊，我只能看见他那塞满青草的篓子在漩涡中翻身打着滚……

当时，我才上小学一年级，学校几乎没有上什么文化课，天天在搞"勤工俭学"，春夏天割草，冬天拾粪。摊派的任务以年级高低来定。一年级的小学生，每天也要上缴 100 斤的草。我不能忘记那一个个沉重得令人窒息的傍晚，暮霭已严严地封锁了野外，鸟儿都已归巢了，旷野空荡荡的，只有我一个人背着塞满草的篓子，踽踽独行在苍茫中。篓子很沉，棉絮粘的篓带已深深地陷在我蓬乱的头发里，像咒语中正在运行的紧头箍。头脑晕乎乎昏沉沉的一片，眼前，散乱的金星像幽灵一样在跳跃。蜷曲的腰板弯得像一张弓；耳边，只听见自己急促的喘息声和田鼠唧唧的尖叫声。惊吓与劳累压迫着我身上的每一个毛孔，大把大把的汗水不间断地向外排泄。当朦胧中我依稀地看到村路的灯光，听到远处传来的母亲焦急的呼唤，我总是鼻子发酸，泪水扑簌簌地往下掉……不知不觉中，我的全身已是湿淋淋的一片，仿佛是刚从河水中爬起来。

一年一度芳草绿。如今，村里人的生活已从根本上发生变化，养猪用饲料，养田用化肥，学校的孩子们忙于学习文化知识，也不需要整天忙"勤工俭学"了。走进田野，沟旁河畔，碧草青青，已不像以前那样，被割得光秃秃的，像"和尚头"。有时，在劳技课上，我会指着左手指的累累刀痕，向孩子们讲述艰辛的过去。可从他们贮满疑惑的目光中，从他们口头不时哼出的台湾歌手高胜美的《青青河边草》的流行歌曲中，我似乎感觉到那段苦涩的日子，已成为今天孩子们心中由老师虚构的一段古老的故事；也许它仅仅是由情与诗构成的一种单纯的意象。那片如烟般滴血凝泪的萋萋芳草，就真的变成了如烟的往事？

草儿青青，我陷入了深深的思考。

# 昨夜闲潭梦落花

　　静寂而恬然的生活，像一泓幽幽的潭水，闲适而静谧地蜗居在岁月的时空里。而倒映在滟滟碧波里我悠悠的梦影，总是像落花一样，缤纷在我的心海里。我喜欢俯下身子，去用心捡拾着每一片花瓣，让自己情感的露水尽情滋润着落花的每一叶。

　　"一粒沙里看世界，半瓣花上说人情。"飘拂在闲潭梦影里我的瓣瓣心香，如玉龙山上的皑皑白雪一样纯洁，如丽江碧碧的绿水一样澄澈。

　　我总是喜欢让记忆的风筝，在月光皎洁的夜晚，随着南归的雁阵，飘向我美丽的家乡。听潺潺的小溪旁浣衣的少女们脆脆的笑语，听翠翠的竹林里蟋蟀晚秋的清唱，听古榕树下我家那只很健很壮的老牛见到我哞哞地欢叫……于是，那一声声震颤在我心房的天籁般的音响，就幻化成散发着墨香的文字，在每一个氤氲着浓浓乡思的时刻，悄悄地飘落在桌案粉红的信笺上。

不会忘记诞生在琅琅书声里我蔚蓝色的梦想，为了她，我只身"北漂"，来到了海鸥翔集的港城，我温馨的小巢，也随之栖息在小镇的背影里。忙碌在茫茫的人海里，日出而作日落而息机械的生活轨迹里，时时绽放的，却是我文学不灭的梦想。

更多的时候，我喜欢走进自然，让田野的风吹落世俗的尘埃。在落叶飘金的清秋，我就牵着女儿的手，踏着翠黄的绵绵的秋草，倾听她们在我的脚下呢喃私语，而或醇厚的雁鸣从长空垂直落下，重重地坠落在我的心坎，于是，我满腔的诗情，就袅袅地在碧霄里翱翔。在落雪的寒冷里，我喜欢用落日的红色去印染红妆素裹的妖娆，在茫茫的雪海中寻找与晚霞一样红艳的梅花，让它扑鼻的香味浸染律动在我脑海里古典的意蕴。至于夏花的绚烂，春水的柔媚，也总是在我与自然约会的每一刻，发酵我的思想，拨动我的心弦，像季候风一样，吹落成美丽的诗行。

所以，我便是自然之子了，而我的文字总在追求天籁的同时，让她们扎根于泥土，让我的读者能感受到她们质朴的芬芳与新鲜的美丽。

我总觉得自己像一棵孤寂的树，用她的葱茏与伟岸守护着心灵的月亮。世俗的风雨吹打削蚀着在功利圈里蝇营狗苟的一颗颗浮躁的灵魂，而我总喜欢用我心爱的文字，时时擦洗着自己的审美。因而，我没有功利场里的朋友，我倔强地守着属于我的精神的充实与物质的缺失。偶尔有一两个和我一样做着文学梦的精神漂泊者抛锚于我思想的港湾，便是我生的知己。而间或写给他们的文字，在劝慰与鼓舞别人的同时，也在抚慰自己时常流血的心的伤口。

"昨夜闲潭梦落花，可怜春半不还家。"在像潭水一样清幽的日子里，我总做着相思的梦，这刻骨的相思，有乡思的痛，也有对缪斯女神思念与深恋的苦。当岁月的风把许多美好的往事吹落成花雨，有多少人还能拥有收容自己身体与精神的家呢？

# 永远的断桥

冬日的傍晚，我去凭吊断桥。

断桥坐落于板浦南首果园里。听父辈讲，旧时板浦是灌云县的政治、经济的中心，市井繁华，商贾如云，城南辟有花园，是富人们的苑囿，楼台亭榭，鳞次栉比；小桥流水，情韵悠悠，素有"小蓬莱"的美誉。民间有这样的谚语："上天堂，下苏杭，板浦当数美中王"，可见其美丽了。

然而，战争的烽火焚毁了她昨天的富丽和繁华，如今只有几株老柳，半截残桥还在诉说着她昨天的辉煌。

兼葭苍苍，残阳如血，佝偻在那潭死水中的半截残桥，似乎在寒风中瑟瑟发抖。这就是昔日的雕栏玉砌的画桥吗？岁月的风雨已剥蚀了她青春的容颜，青苔和水草的残骸把她缠绕得锈迹斑斑。枯叶飘零，芦花瑟瑟，又为断桥烘托出一个凄清的背景。

因为安逸与豪华诞生了桥，又因为战乱与衰落毁坏了桥，难道其间没有某种联系吗？站在断桥边，我思绪联翩，穿过时空的隧道，我仿佛看到桥上浪漫地谈情说爱的公子小姐们，仿佛看到在桥上潇洒地踱着方步的大人先生们。"今年欢笑复明年，秋月春风等闲度。"当惰性锈蚀了人们的灵魂，当懒散麻木了人们的思想，当懦弱吞噬了人们的品格，行尸走肉的皮囊怎能去抵御倭寇的铁蹄？于是，美丽的花园沦为废墟，彩虹般的石桥坍塌离析……啊，断桥，在岁月的长河中，你连接着繁荣与衰微，也在向人类昭示着文明与野蛮。如同一本耐人寻味的课本，读你，我们读出了凄凉与沉重，也悟出了落后挨打的哲理。

当我踏上归途时，暮霭已隐去了断桥的存在。这时，街市舞厅的彩灯又在光怪陆离地闪烁，港台音乐在喧嚣的空中轻佻地舞蹈。当孩子们沉湎于流行歌曲的痴迷时，当时髦的男女陶醉于舞姿的狂热时，当大款们忙于清点刚赚来的大把钞票时，他们是否能去断桥凭吊？去听断桥的倾诉，去跟断桥对语。也许，他们将会更能明白人生的意义，更能参透自己应该承担的社会责任。

# 银杏，溢彩流金的中国树

　　秋深夜读，偶尔翻阅郭沫若先生的《银杏》，仿佛有一缕沁人的药香扑面而来。"你这东方的圣者，你这中国人文的有生命的纪念塔，你是只有中国才有的呀！"深情的礼赞，总是让人浮想联翩，深思绵绵：生长于中国的树，何止万千，她们也有很多好听的名字，却只有银杏，被誉为"中国树"，难道仅仅是因为她是中国的"土著居民"，抑或有别的特质蕴含其中？

　　晚秋的银杏，流霜中下起了一场金黄色的雨：树冠如华盖，火烧云一样，把幽邃的湛蓝的天际，点染成红红火火，丹霞流转，风情万种的妩媚。翠色连天，恣意铺展的绚烂，与霞光连成一片。沉醉树影，仿佛是融身金碧辉煌的世外琼楼，依稀间，有仙女衣袂飘飘，从枝丫间飘然掠过，翩翩金黄的落叶，仿佛是来自天庭的，千万朵瑰丽的花朵。

寒露淋湿了蝴蝶的羽翼，她们已悄然融入了泥土，于冬眠中沉沉地睡去；而婆娑着滑落出一道道金色弧线的落叶，却把深眠的生命，涅槃成密密匝匝的金蝶，在天地间挥舞着生动与烂漫。凝滞的山水舒展了，沉郁的大地灵动了，寂寞的秋，也倏忽间恢复了生气，热热闹闹地张扬开来。总会有姑娘们一袭纨素，绰约其间，顾盼凝眸，临风曼舞，晕染成一帧天人合一的和谐。

当扇形的叶片零落一地，一层绵柔柔、金黄黄、脆生生的地毯，便蜿蜒着弥望地泼撒。雄浑、热烈、澎湃，好像要为秋天的离去，作一场盛装的告别。

一身霜花、一地霜寒，才出落成如此多娇的银杏；千年坎坷，百年屈辱，才历练出这样强盛的祖国！

银杏有笔直秀颀的腰杆，有高挑健硕的身姿，随州千年银杏谷里一棵树龄两千多年的古银杏，甚至有八十多米之高的伟岸。春天，她绽放一树新叶，簇拥着凝碧的云冠，屈曲着婀娜的枝条。云气流岚，依依萦绕；小鸟新虫，相向和鸣。翠碧深处，是她们最心仪的青睐，静谧中氤氲着的淡淡的香气，是直透心底的甜甜的蜜饯。

盛夏，烈日炙烤中的银杏，越发翁郁葱茏。每一片叶子，都是一把流苏的折扇。南风吹来，哗哗作响，仿佛千万把扇子尽情舞动，为炎炎热风，注入丝丝清凉。

身下，早已是浓荫一潭，像母亲倾俯着身子，把她的儿女拳拳地守护。于是，这片绿影斑驳、香气馥郁的乐园，便是孩子们温柔的梦乡：听听鸟鸣，看看蝶舞，踢几趟球，捉几回迷藏……笑声脆脆的，汗水汨汨的。

站立成银杏般生命高度的祖国，何尝不是她亿万儿女幸福的皈依？

总是那样亲近着人类，银杏似乎要把身体的全部，奉献给她钟爱的人们。她的身躯，是杠鼎时空的栋梁；她的叶子，能烘焙出香茗的青青子衿；她的果实，营养丰富，经常食用，可充饥，可养身，更可祛病。

正像祖国母亲那样，为她膝下每一个儿女的福祉，倾其所有，呕心沥血，默默地奉献着最伟大的母爱。

状如虬怒，势如蟆曲，姿如凤舞，气如龙蟠，苍翠四荫，雅如图卷。银杏，你是中国人文的有生命的纪念塔，你的一姿一容，一枝一叶，都深深地镌刻着两个字——中国。

哦，银杏，溢彩流金的中国树！

# 粉红色的诱惑

"去年今日此门中，人面桃花相映红。人面不知何处去，桃花依旧笑春风。"也是在这样的盛春，喧嚣着爬上枝头的桃花，已像彩云一样，把她粉红色的绣锦织在春风里，碧空下。那位唐朝的小伙子，徘徊在袅袅的花香里，惆怅在灼灼的花蕊旁。花香迷离着他眼中的清泪，花红掩映着他落寞的面靥。

"一年了，真是'年年岁岁花相似，岁岁年年人不同'！柴门依旧，那位像桃花一样的姑娘呢，为何在粉红的云彩里不见你的倩影？春风依旧，那双幽怨的目光呢，我随花香浮动的心灵，为何再也捕捉不到你飘给我的颤动？"

是桃花编成了这一抹粉红色的回忆，是像桃花一样美丽的姑娘，演绎了这一段铭心刻骨的诱惑。当美丽的诱惑，成为在春风里轻轻洒落的桃花雨，落红飘飘；当粉红色的回忆，成为随春风悄悄飘逝的桃花香，余韵依依，那一段失落的爱，那一份缺失的情，那一股永久的憾，只能在小伙子的心坎发酵，氤氲成一首凄婉的歌谣，从生唱到死，从古诵到今；幻化成一株孤寂的桃树，年年岁岁，岁岁年年，花开花落，花落花开。

"有花堪折直须折，莫待无花空折枝。"假如那一刻奇丽的邂逅，小伙子能穿越花海，叩开柴门，向姑娘献一枝美丽的粉红，让馥郁的花香充盈她的衣袖；假如一句诚挚的话语，像那一缕温馨的春风，去轻拂姑娘羞红的脸，去浸润姑娘驿动的心，也许，在"桃花依旧笑春风"的又一年，那位面如桃花一样的桃花女，已经成为崔家少妇，被诗人搀挽着徜徉桃园，流连光景。

然而，假如毕竟是假如，"人面"已"不知何处去"，落红的凋零里只有崔护茕茕孑立，形影相吊了。花谢花飞，花飞花谢，泪眼问花花不语，脉脉此情向谁诉？

一首凄婉的歌谣，讲述着随风逝去的粉红的记忆，一年又一年；一段幽怨的情殇，浸染着一颗又一颗善感的心灵，一回又一回。"人生长恨水长东"，人生的美丽与动人，也许就是由一个又一个的遗憾连结而成的。如果没有这一段桃花的故事，桃花就不会开得这样有诗情画意；如果没有这一次粉红色的诱惑，"花谢花飞飞满天"的绚烂，也许就不会如此地让人荡气回肠。

因为，诱惑也是一种美丽。

# 如坐春风的熏陶，似水纯净的温情

## ——参加省民进"江海文化论坛"感怀

11月30日，我与民进市委孙秘书长、民进同仁徐洪绕先生一起参加民进江苏省委"江海文化论坛"。会议虽然只是短短的一天，但这是我加入民进后参加的第一次省级文化论坛。会议期间，聆听民进省委领导热情洋溢的讲话，专家学者精辟传神的学术报告，深深觉得，省民进大家庭里文化精英荟萃，真知灼见俯拾，温馨真情融融。作为参政党，民进的每一位成员，对我省乃至全国文化的建设、发展、前景，论述深刻，观点独到。建议殷殷、其情眷眷，真让人有如沐春风的流连，宾至如归的亲切。

论坛的主持人是民进省委副主委、省文化厅副厅长、省美术馆馆长高云先生。给我的印象真有高天流云一样的洒脱与飘逸。他对每一位专家学者报告的点评，可谓字字珠玑，精当简约，一语中的。让与会者更能提纲挈领地领略每一篇交流报告的精髓。有一个细节，深深地刻在我的心坎：专家学者交流的时间控制在 15 分钟之内。由于交流时精力高度专注与投入，有的专家学者不自觉间突破了这个时间区域，高云副主委就轻轻敲打面前的茶具，试图用清脆的"敲击乐"让沉浸在报告的情节与兴奋里的交流者适时刹住，而效果也确实明显。论坛就在这样轻松的氛围里和谐地进行着。

省政协副主席、民进省委主委、南京师范大学副校长陈凌孚先生做开幕致辞。陈主委就民进作为参政党，怎样在国家与地方文化建设方面不断提供新鲜丰富的文化动力营养，作强有力的文化支撑，作了高屋建瓴的指导；并对 2010 年近一年来，我省民进所取得的主要工作成就作了充分的肯定；鼓励每一位民进成员在各自的岗位上建言献策，承担起参政党的责任，无愧民进成员的光荣称号。

论坛分上下午两个时段进行。上午是在宁专家学者专场。共有九位代表做了精彩的会议交流。交流以大文化建设为背景，主要涉及江苏影视文化的品位、民营剧团生存的困境、非物质文化的传承与发展、历史文化名城的保护、艺术品的鉴藏、当代社会审美转型与核心价值体系的建立等诸多领域。尽管论述重点不一，但多集中在传统文化在市场经济的车轮下挣扎的困窘与现代文化核心价值难以奠基的困惑。让我怦然心动的，是民进省委文化总支主委朱国芳先生的《江苏民营剧团生存情况的调查研究》，在列举了民营剧团作为草根阶层的种种生存困境后，朱先生也给我带来了一个眼睛一亮，心灵震颤的喜讯，就是我市民间淮海剧团即将赴台演出。高云副主委当即补充强调：签证已经办好，赴台就在近日。经费严重不足，处境极端艰难，我市民间淮海剧团却取得如此惊人的成就，令与会的每一位代表唏嘘叹息，更让作为连云港一员的我为家乡的文化成就感到自豪。

下午时段是江海文化论坛论文交流。由民进省委副主委、中国书法家协会副主席、省文联副主席言恭达先生主持。言副主委刚刚在纽约联合国总部举办了个人书展，也是中华人民共和国成立后在联合国总部举办个人书展第一人，足见其书法的造诣与成就。民进宿迁市委主委、宿迁政协副主席李志宏先生的交流论文《西楚、西楚霸王和西楚文化》，让我感触最多。宿迁市利用地方历史文化名人，打造地方文化名片，彰显地方特色文化，从而达到文化搭台，经济唱戏的实效。连云港市的文化灿若星河，如《西游记》文化、《镜花缘》文化、徐福文化等等，与之相关的文化名人，如孙悟空、李汝珍、徐福等也是富有历史与人文品位。但我们定位总在游移。记得以前是以孙悟空为核心的"西游记文化"，现在又变成了"山海文化"。就像华联广场的雕塑，从极度的象征虚化到极度的写实，象征到几乎没有人能看懂，写实到外地人在不了解"雷锋车"①的背景下，多怀疑是泥塑收租院。如果能准确定位我们的文化建设方向，少制造一些欲张扬却又在扭曲我们地方文化的黑色幽

---

① 雷锋车，连云港文明的名片，团队曾受全国、省、市多次表彰。

默，对树立我市的文化形象，增扩我市的美誉度、知名度，是极其有益的。

会间还发生了一个趣闻。和我邻座的一位女士，看上去也就是 40 岁出头，在忙着做笔记的同时，也在包里整理国信宾馆的几张发票。在茶歇的时间里，我就问她是否是做财务的，她笑着给我递一张名片，看完后我真的很惊讶，她原来是南京林业大学风景园林学院的教授、博士生导师，城市规划与设计研究所所长、高级工程师唐晓岚博士。后来知道，她年纪也就是 44 岁，这么年轻，这么高的学术地位，相形之下，我在汗颜的同时，也为我们民进人才济济而自豪。

中午用餐，又有一个场景让我动容，就是民进省委领导无一例外地和我们一起吃自助餐。看他们吃得津津有味，和同桌谈笑风生，在滚涌着浓浓亲情的同时，我更由衷地感受到，平民意识与平民化，让我们民进大家庭永远纯情似水，亲密和谐。

# 爱上秋天的那片蓝

爱上秋天的那片蓝。因为是秋天，湛蓝的天幕把那片波光粼粼的湖水，掩映成蓝莹莹的水晶；因为拥抱着山峦，苍翠与枫红，又把那 300 公顷汪汪一碧的湖水，镶嵌了一层色彩斑斓的边幅。昌圩湖，这个千万年前一位天外的仙女一不小心遗落在山坳旁的一枚明镜，被历史尘封和芳草收藏着，仿佛是散落在云台山系的一粒明珠。直到公元 2013 年一个秋风骀荡的日子，一个人的到访，她，才向世人撩开她神秘而美丽的面纱。

他就是我们江苏省委书记罗志军，他是在考察我市小城镇建设的匆匆中，专门来连云港开发区考察昌圩湖小区。

在港城星罗棋布的小区中，不乏高档大气的建筑楼群，或以现代的设施引领时尚，或以古典的雅致卓尔不群。它们鳞次栉比于城市的中央，构建了一道道令人心仪的亮丽的风景，自

171

然是小区一族中的大家闺秀。而昌圩湖小区，这位隐居在大山深处的小家碧玉，何以吸引省委书记的青睐？

蒋立庄，这位88岁的耄耋老人，是罗书记接见的第一位小区代表。走进这位老人的家，展现在省委书记面前的，是宽敞明亮的客厅，考究别致的装潢，应有尽有的各式家电。幸福与祥和，洋溢在老人家庭的每一个角落。当罗书记询问老人衣食住行相关情况时，老人激动地说："谢谢书记的关心，领导也看到了我们家居住的情况，比起拆迁之前在盐场圩子上搭建的小棚子，不知要强多少倍。再看看我们小区的环境，绿化呀、超市呀、健身房呀……方便着呢。别看我近90岁了，遇到像今天这样的好天气，我还会拿起鱼竿，到对面的昌圩湖边钓鱼呢……"

老人还在兴奋地娓娓叙说，罗书记的脸上，已经绽开了欣慰的笑容，和畅而清爽，如同从昌圩湖面轻轻掠过的和风。"昌圩湖小区，可以说是和谐安置拆迁居民的示范区，开发区政府做了一件福泽百姓的大好事，感谢同志们，你们辛苦了！"

罗书记发自肺腑的几句话，让随行的区领导湿润了眼睛。回想几年来拆迁安置的一幕幕，酸甜苦辣，别有一番滋味在心头。

当台北、青口两个盐场先后划归开发区后，根据市政府统一规划，规模宏大的拆迁安置工作就轰轰烈烈地展开了。

盐场的民居大多依圩而建，海风四季的吹打，海盐无尽的侵蚀，让这些老屋伤痕累累，裂迹斑斑。一些经济条件较好的盐民，纷纷外迁；留下来的，大多是一些困难户；居住的主人，大多是一些老人和孩子。

可是，在拆迁安置小组深入到他们中间，动员他们拆迁的时候，出乎人们的意料，大多居民坚决拒绝。安土重迁的念旧心理，安置工作的种种疑虑，像一张灰色的网，笼罩在盐民的心头。怎么办？拆迁工程规模浩大，安置工作时间紧迫，思想开导千头万绪，说服教育困难重重……

在那些日子里，区总指挥部办公室的灯光常常掩映天上的星辰，一个个不眠的夜晚，熬红了多少双疲倦的眼睛。围绕破解拆迁户们对安置工作种种疑虑这个难题，指挥部连出妙招：宣传铺天盖地，让居民坚信拆迁会获得自身利益的最大化；政策公正透明，信访、举报、监督，让和谐拆迁阳光照耀；安置小区魅力迷人，最优化选址，最合理户型，最优惠价格……

总指挥部更知道，融化拆迁户们心坎的坚冰，光靠这些还远远不够，必须让党和政府的和煦的阳光，真正温暖他们心底。于是，与每一个拆迁户"心贴心"地家访，帮盐民引水晾盐、推销虾酱乃至拉煤送水……脸被海风吹黑了，身体被汗水浸瘦了，手被石块磨出老茧了，两腿，在不分白昼与黑夜的奔忙中浮肿了……可敬可爱的开发区人，你们的心血绘就了和谐拆迁的艳阳天，你们的精神汇聚了这个变革时代的正能量，你们的身体力行，诠释了"亲民、爱民、为民"最美好的内涵。

昌圩湖水在秋天的艳阳里，娴静而温柔，如同一位秀美纯净的村姑。在岁月的风雨里，她见证了沧海桑田的变幻，体味了美好时代和谐的温馨。秉持"利、惠、爱、安"的主题，像昌圩湖这样的小区，如秋天丰硕的果子，在开发区这棵葱茏的大树上累累地枝蔓着。

爱上秋天的那片蓝，晶莹，纯净，与昌圩湖的水一起，潺潺地流进我斑斓的梦里……

# 和灌云政协一起走过的日子

我在灌云政协的时间不到 2 年，由于区划，2007 年末，就被调到海州区政协，就像姑娘出嫁，从此我离开了时刻浸染着亲情的娘家；但灌云政协那段幸福而温馨的梦境，如秋天的那缕白云，时而飘落在我的心海。在这个雁阵惊寒的深秋，望着头顶缓缓南去的白色的云朵，我回忆的缆境，就一下子牢牢系在灌云政协——我心灵皈依的港湾。

加入政协，我政治生活新的启蒙与洗礼。

政协委员，一直是萦绕在我脑海里很神秘很神圣的光环。每当在电视荧屏里看到参加全国政协会议的那些白发幡然，风庸雅致，气度翩翩的委员时，崇敬之情就油然而生。很多学术泰斗、民主精英、商海大亨、曲艺名家……荟萃于此，他们就像亮丽的星斗，点缀着共和国博大的天空。

2005 年 12 月 28 日，那是应该定格在我生命深处一个特殊的日子。经灌云政协原主席张真杏先生的推荐与绍介，我终于成为灌云政协——这个在我心里一直向往与景慕的政治大家庭中的一员。张主席语重心长对我说："政协委员都是我县各行各业中的精英，推荐你参加政协，是在县报上曾看了你发表的很多文章，还有些品位。希望你以后要用手中的笔，为灌云的发展鼓与呼。"

最难忘的是参加年末的换届会议，与会委员达 200 多人，如张老所说，委员们大都身份不凡：我是一名普通教师，我发现委员中集中了全县大多重点中学的校长，还有不少优秀教师；其他很多人我不认识，但很多人的名字和面孔，我在县市电台、电视台中经常听到看到。

那时候，正是唐铁飞刚刚来我县做县委书记，在他"激情奋斗，无悔人生"的号召下，全县掀起了全民创业的高潮：从县城的拓展到招商引资，从大高中建设到大伊山旅游景点的开发……每一天，我都能切身感到灌云在变化，灌云人在变化。在这样火热的背景下，新当选的政协主席孙汝军同志向各位委员提出了"一肩挑双担，两职争一流"的要求，全体委员们在自己的岗位上，积极行动起来了……

政协委员，每一个届别都是一面旗帜。

"吕委员，我写了一个关于对我县农村公交改造的提案，请你周末和我一起去调研。"我知道，又是老刘在联络我在工作之余"挑双担"了。老刘名字叫刘品标，是县气象站的工程师，在市内外都很有名气。在我印象里，他是一位很热情很有责任感的委员，基本是每一个周日都忙着搞调研，这不，又因乡村公交的问题约我去东王集大南村实地调研了。起初，被人称作"委员"很不习惯，因为大人物像开国领袖毛泽东才被人称作"毛委员"，但被他"委员""委员"喊多了，也就顺耳了。老刘习惯于把"委员"放在口头，更执着把"委员"的责任放在肩头，把"委员"的荣誉放在心头。在灌云政协的两年里，参与老刘组织的调研不下 6 次，他的提案年年被县政协评为优秀提案。2006 年的一天，灌云电视台播放了老刘作为政协委员的事迹专题片，那一刻，老刘本来就很魁梧的形象，在我眼前、心中，一下子又高大了许多。

连云港市骨质增生研究院的徐立军院长，年纪比我小很多，但却是一名老委员了。他不大的诊所，被各种锦旗湮没着。他祖传的骨质增生康复术，在涟、海、沭、灌很有名气，被他治好的患者如灌云县原县委书记、市政协原副主席阎继尧，就不下上百名。

徐院长医术高明，对委员的工作也尽心尽职。大伊山义工团就是他牵头发起的。他嘱托我执笔的《关于成立大伊山义工团的倡议书》，他把活动的举措、意义、章程等说得非常详实，生怕丢掉一点，可见他是很细心的人。义工团成立以来，队伍不断壮大，清洁效果愈见显著，为大伊山旅游风景区荣膺国家4A 级旅游风景区，作出了不小的贡献。

"每一位委员都是一面旗"，突然想起县政协文史办主任贺长强在一次委员学习中谈及的话。是啊，那些在自己紧张的工作之余，舍弃宝贵的休息时间，奔波在调研途中的委员们跋涉的身影，不就是引领灌云人实现中国梦、"灌云梦"的一面面鲜红的旗帜吗？他们以澎湃于身心的正能量，塑造了一个个光彩照人的灌云人的形象。

也正是这种正能量的浸染，在调入海州做委员的两届里，我都不辱政协委员的使命，积极开展工作调研，为海州区的发展建言献策。我写的《板浦自来水水质安全亟待解决》《依托名校人才优势构建古镇文史课程基地》《挖掘名园底蕴，打造镜花缘生态公园》等提案被评为区优秀提案，有的还引起区政府高度重视，像镜花缘生态公园的打造，在2014政府工作报告中已被列为2015年重点建设项目之一。

# 秋季到港城来看雨

　　一年四季，总有别样的风景星星点点地散落：譬如夏日去西藏坐屋脊上惬意的纳凉；冬天游海南于天涯海角作阳光的沐浴；春天，梦回江南，享受一番"春水碧于天，画船听雨眠"的闲适，欣赏一位"垆边人似月，皓腕凝霜雪"绝美的女子，也是烟雨江南的赏心乐事了；可是，秋毕竟是凋零的季节，于黄叶婆娑的纷谢里，人们赏秋的兴致往往随无边的落木，萧萧地疏落。

　　不妨在秋色的空蒙中，来连云港，看潇潇秋雨洒清秋吧。

　　港城看雨，最恢宏的景致，当然去海边了。隔着雨帘看海，拍岸的惊涛渲染着秋雨的磅礴，为苍茫的海水奏响一曲雄浑的乐章。虚无缥缈间，依稀有仙山绵延海面，便是传说中的瀛洲了。蓬莱、方丈、瀛洲，三座仙界，港城拥有其一，这种人间仙境，只有于秋雨的洒落中，才更洇漫着醉人的神韵。

携裹着一颗被秋雨淋湿的心，于海边的木屋里休憩。潮起潮落的跌宕里，有恍惚迷离的心绪的抑扬。细密的雨线里，仿佛络绎着八仙的祥云，柔曼着蟠桃祝寿的仙女们飞天的婀娜；远方飘来的，隐隐的，天鸡的鸣唱……

港城看雨，如若在翠微之上，云雾之中，便有飘飘欲仙的超脱。云台山系错落在黄海间，却横贯着港城亘古的逶迤。山的钟灵，也毓育着一阕阕美丽的神话。根植于花果山上的《西游记》文化，便是闪耀其中最夺目的明珠了。

于秋雨不疾不徐地飘落中，拾级印满苍苔的山路之上，一层层石阶，仿佛是一组组五线曲谱，应和着潺潺的溪音，演奏着来自远古的天籁。水帘洞的珠帘，在秋雨的浸润下，越发晶莹而灵动。那位曾把天宫闹得天翻地覆的孙大圣呢，为什么于秋雨中遁迹于无形，却把自己温馨的窠巢，皈依于雨中的静谧？还有那尊憨憨的八戒石，于雨的滴答声中默默，是否还在惦记着遥远的村落里，缠绵着如秋雨一样相思的高小姐呢？

一番秋雨的晕染，渔湾的水更澄澈了，宿城的红叶更明艳了，孔望山的野菊更葳蕤了……港城人的心，也愈发鲜活洁净了。

秋季到港城看雨，心，会随海的波澜澎湃；情，会因山的神奇幽远；所有美好的怀想，会淋湿在秋雨里，深深地陶醉……

# 案上有叠美丽的贺卡

一叠美丽的贺卡整齐地摆在我的案上，它是全国各地的我的学生在新年寄来的。它为我的新年捎来了吉祥与美好，也为我的心灵带来了幸福与自豪。

在滚滚而来的商潮中，下海的人"扑通"之声不绝于耳。有的人发了，发得腰缠万贯，金玉满堂；有的人栽了，栽得鼻青脸肿，声名俱裂。而许多与我一样的育人者，却超然于红尘的喧嚣与纷扰，在桃李园中默默地尽一个园丁的责任。没有灯红酒绿的潇洒，没有别墅轿车的豪华，也没有出人头地的风光。深夜，与寒星孤月对语；白天，在粉灰扬扬中授课；假日，在家访途中跋涉……清贫、辛苦、忙碌，构成了我生活的主要内容。

而案上的这叠美丽的贺卡，洗去了我的征尘与疲惫，在这幅由我的学生用真情和思念编织的风景里，我分明看到了寸心报春晖的小草，看到了桃李的花瓣在五彩缤纷地漫天飞洒。一些烂漫如春花，绚丽如彩虹的生命正生机勃勃地洋溢在我的周围。

是啊，一张贺卡就是一个美丽的希望，一个希望就是一道诱人的风景。我轻轻地抚摸一张张卡片，仿佛是在触摸一颗颗滚烫的心灵。

# 母校，我拿什么奉献给您……

如一棵根深叶茂的大树，板浦高级中学，在桃红李白的缤纷里执着地坚守。一百年的风雨沧桑，一百年的筚路蓝缕，一百年的默默耕耘……如今，她已经硕果满枝，芳香馥郁：江苏省百家名校、四星级高中、省文明单位、省绿色学校、省德育先进学校……"乱花渐欲迷人眼，东风吹来满眼春"，身为她苍劲虬枝上的一片叶，一朵花，每一个板中学子都感到由衷的骄傲与自豪。

就在今年金秋，在共和国迎来她65岁生日的喜庆中，母校板浦高级中学也将举行百年华诞的隆重庆典。盛世盛典，佳节佳话，良辰美事，像痛饮一杯杯喜庆的酒，浓浓的喜悦，酽酽的幸福，发酵在我们的心房。

饮水思源，小草恋山。在母校百年华诞来临之际，曾经或者现在，吮吸母校知识的琼浆，享受母校智慧阳光的照耀，母校细胞的一分子们，该为母校奉献些什么？

也许我们已经事业有成，在各自的岗位上扮演着精英的角色，那么，就把最新最沉最美的工作业绩，装进沉甸甸的行囊，在母校生日的礼炮声中，虔诚地奉献。

也许我们只是一个草根，生活在社会的底层，在琐屑的事务中书写着自己的平凡，那么，就把最纯最真最美的对母校的感恩之心，揣进我们赤子的胸膛，在对母校声声的祝福中，虔诚地奉献。

也许我们已经漂洋过海，在异国他乡追逐着自己报国的梦想，那么，就把最珍最贵最美的对母校思念的情愫，在每一个月色溶溶的夜晚，在对国清禅寺古色古香的回忆中，虔诚地奉献。

也许我们"恰同学少年，风华正茂"，正在母校殷殷期盼的目光里发奋苦读，那么，就把最亲最爱最美的对母校的恩情，化作国清古井里一泓汩汩的清泉，在绿竹婆娑的翠影里，虔诚地奉献。

一粒沙里见世界，这世界，就是守卫母校心灵月亮的那一棵葱茏的树；半瓣花上说人情，这人情，就是浸染着古镇斑斑青苔柔柔乡音地对母校的思念。

而我们伟大的母校，比照作为板中学子的"一粒沙""半瓣花"，就是茫茫瀚海，灿烂花城里啊！

# 晋星，为了光荣和期盼……

经过两年多不懈地努力，我们板浦中学终于在这个硕果累累的金秋，迎来了省评估院领导的验收。这是一个多么庄严的时刻！这又是一次多么神圣的检阅！回首学校艰辛的晋星之路，我们有万千的感慨，更充满无比的骄傲和自豪！

为了这光荣和期盼，从晨曦初显的黎明，到万籁俱寂的深夜，在美丽的校园，忙碌着多少辛勤的背影，演绎着多少感人的故事。

我们的老师，无愧连云港市优秀教师群体的光荣称号！在晋星的冲刺阶段，许多人以校为家，吃住在学校。2007届高考一结束，所有高三老师没有休息一天，就一头扎进卷帙浩繁的材料里。孙秀丽老师快要生产了，学校让她请产假回家休息，可她笑着说："忙惯了，在家闲着也是闲着，还是让我为晋星做点事吧。"她每天拖着沉重的身子，蹒跚着来学校忙晋星材料，一直到临盆前一个小时。

全国优秀教师，特级教师曹兴戈，已经年近花甲，而他80多岁的老母亲，就长期卧病在他的家里。可是，在晋星最忙碌的这几个月里，他夜里从来没有在11点之前回过家。一次次，他披着星光敲开自己的家门，听着老母亲痛苦的呻吟和剧烈的咳嗽声，泪水总是浸润着他的眼眶。

校友联谊会的退休老教师们，都已经是七八十岁的老人了，但仍抱着老迈的身躯，争着为学校的晋星奔忙着。联谊会秘书长孙志俊老师，已经82岁高龄了，老伴身患重症在市人民医院抢救，但孙老依然心系晋星，他让子女轮流守护着病人，自己则佝偻着身子，颤颤地走进他钟爱一生的校园。可是，当他忙完晋星材料匆匆赶回医院的时候，老伴已经永远离开了自己，独自走了。看着和自己一起走过60多年风风雨雨的老伴久久不愿闭起的双眼，想到一生相濡以沫相依相偎，自己却不能送老伴的最后一程，浑浊的老泪像雨水一样，在孙老苍白的脸上扑簌簌地落下……仅仅过了两天，孙老的身影又忙碌在晋星办公室里，只是比两天前佝偻颤抖得更厉害了……

学校的领导们更是走在晋星的最前列。白天忙着加班，饭迟了，就在学生食堂随便糊弄一口；累了，就在办公室里打个盹。在工作最紧张的阶段，连续熬了十多个不眠的夜晚。眼熬红了，脸熬黄了，身子熬瘦了，没有人叫一声苦，没有人喊一声累。政教处陈新光主任的母亲在县医院急救，他哽咽着给自己哥哥打电话，幽幽地说："哥哥，你就多吃些苦吧，我是不能守在母亲身边了，学校晋星已经开始冲刺，政教处一时一刻也不能缺人啊！等晋星结束后，我再向哥哥赔罪，到病床前陪伴母亲吧。"

市县教育局领导来学校视察晋星工作，多次被板中人这种坚韧的品质，奉献的精神深深地感动。市基教处的杨庆真处长动情地说："板浦中学是苏北农村的一所乡镇中学，也许，和苏南一些学校的硬件相比，还有一定的差距；但学校久远的办学历史，厚重的文化底蕴，鲜明的特色教育，辉煌的育人成就，尤其是在创建四星的工作中体现出来的'在困境中崛起，在艰难中超越'的板中精神，和省内其他四星级学校相比，自有她独特的魅力啊。"

晋星的荣耀，激发了板中人乐于奉献的豪情。

晋星的期盼，鼓舞着板中人奋力前行的执着。

晋星的理想主义光辉，让板中人心潮澎湃，激情燃烧！

# 再聚首时的感动

　　30 年前的那个初秋，来自全县各个乡镇中学的一群懵懂少年，同窗在高一（四）班，吮吸着恩师惠赐的知识的琼浆，咀嚼着名校洋溢的文化的甘甜，享受着同学传递的真情的美好；然后，又从那片掩映着绿树红花，点缀着斑斑青苔的小巷，走出古镇，走进社会，走向我们人生的绚烂。

　　今天，当飒爽的西风把满树翠黄吹落成遍地叮当作响的金币，当南归的大雁在阵阵惊寒的长鸣中回归他们温馨的故乡，阔别 30 年后，如鸟儿归巢，如小草恋山，我们又回到了母校的怀抱。矗立在眼前的一幢幢现代化楼群，写意着今天的辉煌，可脚下的那片热土，却时刻勾起我们昨天那段古色古香的回忆。那栋曾荡漾着琅琅书声的粉墙青瓦的教舍，点燃着多少青春的梦想；那片曾鸣叫着青蛙清唱得汪汪一碧的池塘，倒映着几多绮丽的笑靥；那棵曾守护着校园皎皎月光的古槐，飘拂着缕缕沁人的书香……多少年过去了，我们走过了人生的风风雨雨，走过了他乡的山山水水，但永远走不出去的，是对母校刻骨铭心的记忆。

沧桑把岁月的痕迹镌刻在我们的脸上，真情却把无瑕的童真定格在我们心中。尽管我们大多年近半百，当我们紧攥恩师的双手，聆听恩师的谆谆教诲，流连校园尘封的记忆，瞻仰国清禅寺的古朴与厚重……我们仿佛又回到了昨天，回到了纯真如国清古井般纯净的岁月。

在生活的履历里，我们会留过许多影像：或洋溢着洞房花烛的喜庆，或彰显着少年得志的骄傲，或流露着春风得意的潇洒……但究其对我们心灵的震撼，没有超过今天由师生欢聚的一个个精彩的场景链接的永恒的镜头。

好像是一坛久而弥笃的酒，抑或是一幅意境幽远的画，静静地品味，我们在感受逝去的珍贵，更在憧憬未来的美好。

# 相濡以沫二十载，肝胆相照一片情

在江苏省板浦高级中学的校园里，经常可以看到这样的一些老人，他们虽年逾古稀，可个个精神矍铄，步履稳健。他们就是板浦中学校友联谊会秘书处的退休的老教师们。如红烛流光，如春蚕吐丝，联谊会成立30多年来，他们退而不休，默默地做校友联谊桥梁的架设人，勤勉奉献，鞠躬尽瘁。

回望30年来，校友联谊会和板浦中学相濡以沫，风雨跋涉，携手共进的一幕幕，斯景斯情，动人心腑，感人至深。

校友联谊会是联系海内外广大校友情感的桥梁。

板浦中学有100多年办学历史，百余年来，板浦中学薪火相传，启智播慧，为国家培养了3万多名优秀学子。他们中间有政界精英，有行伍骁将，有体坛名师，有国际著名的专家学者，更多的是在我们国家建设中出力流汗，默默奉献的普通劳动者。不管他们身在国内，还是寄身海外；不管他们业绩辉煌，还是默默平凡，板浦中学，总是他们情感的源，思念的根。每年，总有大批的海内外校友来学校拜谒师长，探望同学，学校的天翻地覆的发展让他们激动，欣慰；同窗的血浓于水的真情让他们不舍，依恋。而校友和学校之间连心金桥的架设者，正是校友联谊会。30年来，联谊会的每一个成员，为校友与校友之间情感的交流，为校友和学校之间信息的沟通，呕心沥血，竭诚尽职。他们中多数是年过花甲乃至年近耄耋的老人，他们克服了身体老迈的不便甚至疾病的折磨，情意眷眷，热肠耿耿，不计报酬，春夏秋冬，刮风下雨，他们一如既往地为校友的联谊辛勤地忙碌着，精神可嘉！德行可敬！校友会常务副秘书长毛应祥老师，已经年届退休，但在学校晋星最紧张的阶段，他肩挑着布置校史陈列室、编印画册、编辑《心桥》纪念册等三副重担，在伊山制作校史展览牌匾期间，三天三夜没有合眼；校友会副秘书长时恒彩老师，联络知名校友，北上天津，南下南京，为学校晋星和校友会联谊辛勤忙碌……正是有了他们的无私奉献，板浦中学在海内外的知名度才日益提高；正是他们不懈地劳作，成千上万的校友才得以享有情感的交流、信息的沟通以及其他各种资源的互惠。

一桥联谊，万众同心。其实，那些为联谊事业鞠躬尽瘁，死而后已的可敬可爱的架桥人，他们本身就是一座桥梁，一座屹立在岁月的风雨里，为每一位校友摆渡情感之河的桥梁。历史，不会忘记他们一缕缕如雪的白发，不会忘记他们佝偻着的却仍然忙碌在校园里的坚毅的身影。

校友联谊会是为学校发展建言献策的良师益友。

校友联谊会不仅是沟通海内外校友的桥梁，而且是为板浦中学发展建言献策的良师益友。校友联谊会成立的30年，是我们板浦中学加速发展，阔步迈进的30年。学校实现了从市重点中学到省重点中学，从省重点中学到三星级重点高中直至顺利通过省四星级高中的验收。可以说，学校提升和跨越的每一点成功，都闪耀着联谊会工作人员睿智的光芒；学校在高歌猛进的征途中每一处闪光的足迹，都深深地倾洒着联谊会这些老黄牛们滚烫的心血。十七大党代表王兴亚同志，是我校1983届校友。尽管他公务非常繁忙，还是忘不了按期来学校对同学们进行普法报告；1967届校友任之通将军，每年都来我校拜谒老师，同时为学校的发展献计献策；联谊会的秘书处的老同志们，定时召开会议，围绕学校每一时期工作重点，确定校友会一个时期的阶段性任务。不管是学校80年校庆的筹备工作，还是配合县局外出招商引资；不管是联系海外校友回校寻根，还是学校近期晋星各项工作有条不紊地开展，校友会都积极合作，踊跃参与。

校友联谊会是弘扬名校文化丰富德育内涵的设计师。

板浦中学有久远的办学历史，厚重的文化底蕴，涌现了众多像汪德昭院士这样蜚声国内外的文化名人。为此，校友会积极挖掘校本课程，以弘扬名校文化为主题，深刻和丰富学校的德育内涵，先后在校内竖立二女杰塑像，汪德昭院士铜像，它们已经成为了学校两处最亮丽的风景，更成为学校最重要的德育基地。现在，不管是学生会举行新生入学仪式，还是团委举行入团仪式，基地的人物形象，已经成为对学生进行爱国主义教育和崇尚科学教育的最强大的精神力量。现在，校友会又在积极筹备树立我校32届校友、中央政法委原书记陈伟达同志的塑像、设立30年代校友、江苏省原省长惠浴宇同志纪念展馆。这些功在当代，泽被后世的善举，是校友会献给板浦中学的又一份沉甸甸的厚礼。

校友联谊会是温暖优秀学生的和煦的阳光。

校友会成立伊始，就确立了"为学校服务，为师生服务"的宗旨。尽管经济上还是非常拮据，但他们还是克服了许多困难，多方筹集资金，设立校友联谊会奖学金，从此，每学年教学实绩显著的教师，学习成绩优秀的学生，都会在学校的开学典礼上，光荣地接受校友会的奖励和表彰。校友会至今已经发放奖学金共计8次，奖励师生324人，成为学校激励机制的最重要的组成部分。

校友联谊是我们板浦中学最亮丽的一道风景，是具有百年办学历史的江苏名校独特的校本资源。

"相濡以沫二十载，肝胆相照一片情。"可以说，板浦中学拥有了校友联谊会，是我们每一位板中人的幸福和荣耀；校友联谊会生长在板浦中学这块神奇的沃土上，才有像今天这样的青春勃发，生机盎然。在她30周年诞辰来临的日子里，让我们衷心祝愿：光荣的校友联谊会，青春长驻！前程似锦！

第四辑

# 心香一瓣

　　总想把最美好的情感，最美好的梦想，发酵成最美好的文字，在星光璀璨的夜晚，随着美妙的天籁，沁入人们的心脾。芳华的记忆，纯美的情愫，以及来自人文与自然的感悟，氤氲成心香一瓣，浸润每一颗善感的心灵。

# 人生何处不芳华

"春有百花秋有月，夏有凉风冬有雪。若无闲事挂心头，便是人间好时节。"心清如水，意归自然，永葆一缕纯美的情愫，常拥一颗淡泊的胸怀，满目芳菲，撷锦拾翠。这样的人生，何处不芳华？

青涩年华，是一个早春二月的故事。春阳杲杲，复苏着沉沉的梦想；陌上花开，烂漫着勃勃的生机。这个时节，有紫燕呢喃，在安放理想的庭院里衔泥筑巢；有春苗拔节，在绿意油油的背景里苗壮成长；有"人面桃花相映红"邂逅的惊艳；也有花容迷失，春风依旧的怅惘……但早春的故事装帧着"花"的封面，洋溢着花的笑语、花的颜色、花的芬芳，珍藏着少年的心事。"花样年华"，是人生这部线装书里最温馨的底色。

青春岁月，是一派葳蕤葱茏的时光。春意正浓，春色正美，春光正好。笑靥一绽，就灿烂了一个花季；歌喉一展，就陶醉了百鸟朝凤；汗水一洒，就涨满了一江春水；振臂一举，就矗立了一座大山……良辰美景，赏心乐事。像春花一样美丽的蓝图，蘸着青春的热血一挥而就；像春水一样绵长的情思，倒映着理想的霞光恣意铺展；像春山一样深沉地思考，在姹紫嫣红的绚丽中写意着哲理的光辉……书生意气，挥斥方遒；有"粪土当年万户侯"的豪情，有"春风得意马蹄疾"的张狂，有"三十功名尘与土，八千里路云和月"矢志的追求与桀骜……"无怨无悔"，是奋进着的青春永恒的主题。

　　不惑时光，有夏挥洒的浊汗，也有秋收获的喜悦；有四季中最火热的炙烤，也有熟稔后如黄叶般摇曳的情思。最热烈的阳光，最丰沛的雨水，让夏天所有的景色，疯狂地生长成醉人的绿的模样；滚涌着绿色的血液，偾张着这个季节所有的筋脉。狂风起了，暴雨来了，却伟岸了一棵棵倔强的树，铁干虬枝，挺拔成天地间最雄伟的风景。而一夜流霜，把季节沉淀的心事，婆娑成一枚枚飞舞的落叶，澄澈了秋水，点染了菊黄。夏花的烂漫，秋蝶的静美，就一起交融在苇花飘雪的纷扬中……

　　流光日子，是在皑皑的白雪中，看一尾白狐遁入荒寒的山林，是在暖暖的火炉旁，喝一杯陈酿，品尝往事的况味，是在沉沉的落日里，咏一阕唐诗，咀嚼"夕阳无限好，只是近黄昏"的缱绻……

　　清清浅浅的流年里，生命趟过了四季的风景，却再不会如

198

自然一样，轮回在四季的更替中。但只要心存热爱，生命便会美丽如初，芳华绝代。

# 一扇窗棂说人情

像一双双清亮亮的眼睛，检视着季节的春夏秋冬；像一眼眼清冽冽的泉水，蕴贮着人情的酸甜苦辣。烟火中定格的一扇扇窗棂，画轴卷卷，明镜荧荧，晕染着缤纷的自然，掩映着繁复的人事。

瞩目自然，推开窗棂，是一幅四季变换，禅意流动的画卷。

春气乍暖，虫声唧唧，叶影、花香、虫鸣……仿佛是一层浅浅的波，漫洇着绿窗的明媚。煮一壶青梅，于芭蕉树下，品味着渗入齿颊的酸，那酸酸的味道，仿佛是磨难碾压的经年。于柳丝花丛中洒满泪水的长亭古道，被离情隔断的相思，弯弯，绵绵，无期……纵横如一叶窗棂。且在窗前品梅，任柳花满天，缠绵着思念滂沱的春。

莲叶接天，那一抹浓绿，把窗棂浸染得苍翠欲滴；荷花盈盈，仿佛小轩窗前如花的笑靥。荷叶田田，涟漪清清，画船款款，采莲姑娘们脆脆的笑语，像南来的风，把青春的心事，随着荷叶的绿波浅浅地铺展。且把如琥珀一样美酒喝干，沉醉，沉醉，迷离荷花丛中，忘却今夜归来的路。

村边，绿叶婆娑；城外，青山依依。秋日的阳光，像白色的瀑布，把原野发酵成青黄。乡情郁郁，浓烈如手中的这杯酽酽的酒。"开轩面场圃，把酒话桑麻。"农事连着人事的喜悦，晴光染着秋光的丰收。菊蕊摇黄，如杯中浓浓的米酒，醉了时令的重阳，醉了晚秋的村落，醉了不疾不徐，缓缓流动的岁月。

西岭上，皑皑白雪沉睡千年，却被一扇秋窗，相拥于怀。皎洁的月色，皎洁的雪光，把梅花疏落的影子，画在窗棂的眉眼间。"江南无所有，聊赠一枝梅。"可是，那些逝去的江南的梦影，是被画船听雨的潺潺声悄然消隐，还是被凝碧于天的春水汤汤洗去？冬夜无语，月光默默，唯有窗前的那树梅花，在瑟瑟的冷风里，摇曳着春天的心事，于禅意流动间，深情地诉说着人情的况味……

一扇窗，一本无字的书，一首有韵的诗。世事的沉浮，人情的平仄，于流年的沧桑里，让轮回的四季细细地解读。

# 共我泼茶人，如今在何方……

晚来风急，把我的白发纠缠成冷冷的霜，那丝丝缕缕的零落，恰如泼满我衣襟的茶香。秋雨落了，菊花瘦了，雁儿远了，三杯两杯淡酒，我已沉沉地醉了……

一袭白衣，飘飘中有风华绝代的神韵，迷离间，浅笑盈盈，款款走来。浓郁如夏一样葱茏的男性的气息，把我的脸，浸染成一抹灿灿的晚霞。知羞而走，却忍不住倚门回望，多么热辣辣的目光啊，仿佛是一道闪电，让我的心海波涛汹涌，骤雨滂沱。梅的青枝绿叶间，掩藏着少女羞涩的心事，仿佛摇曳枝头的那串涩涩的青梅。

"郎骑竹马来，绕床弄青梅。"从此，这位白衣男子，就闯入我的心底，融进了我人生每一段喜怒哀乐的情节。

诗书绕床，茶香盈袖，新婚的温馨，总是荡漾着浓浓的书香。在泛黄的字里行间，我是在水一方《诗经》里的窈窕淑女，你就是峨冠博带《离骚》中的追风少年；你是汪洋恣肆《庄子》中秋水的钓客，我就是沉郁顿挫《琵琶行》中孤舟的泣妇……寄情诗文，低吟浅唱。青灯有味似儿时，赌书消得泼茶香。

习惯耳鬓厮磨的缠绵，就难以承受劳燕分飞的别离。山长水阔，孤馆潇潇，远游人栖居的东莱，似乎比仙境中的蓬莱更加遥远。佳节又重阳，寂寞空房，夜凉初透。镜中相思的憔悴，比黄花消瘦。栏杆倚遍，人何处？归路迢迢，人儿杳杳！

而远行人终于魂归三山。漱玉泉水，却被金人的铁骑践踏成浊水横流。从此，我与南归的雁阵一起，在袅袅的秋风里流浪。

我抛得下金银珠宝，却不能舍下一本尘封的书。因为书的每一页，都氤氲着我和他泼洒的茶香。岁月的沧桑，已经把一丝丝茶叶，风干成记忆的标本，轻轻地捻起，仿佛是舒展折叠着的我对他厚厚的思念。

思念从荷叶的碧波里缓缓展开，一叶扁舟，一缕茶香，一串笑语，满塘荷香。接天莲叶掩映着如荷花般灿灿的笑靥，茶香泼满衣襟，惊起一滩鸥鹭。流连绿水碧波之间，沉醉不知归路。

物是人非事事休，欲语泪先流。叶脉下流水无言，案几上茶香渺渺。那和我一样漂泊的兰舟，怎能承载得起生死离别的哀愁？

共我泼茶人，如今在何方？

西风飒飒，疏窗萧萧。已经月满西楼，残缺的相思，眉头落下，却依依地飘落在心头……

# 携一瓣童心，月霁风清

袅袅的风，吹来乡村的音籁，如一池秋水，洗尽了诗人徐志摩尘俗的纷扰……

"我欲把恼人的年岁，我欲把恼人的情爱，托付与无涯的空灵——消泯。"

"回复我纯朴的，美丽的童心；像山谷里的冷泉一勺，晓风里的白头乳鹊，像池畔的草花，自然的鲜明。"

清新，纯净，美丽。童心相伴人生，岁月风清月霁。

现代生活节奏越来越紧张。很多人像蚂蚁一样匆忙。喧嚣着的城市钢筋水泥的丛林中，世故、圆滑、自私、冷漠……如幽灵般游荡。

当贫贱让人性退化为冷血的兽类，当富贵让淳朴异化为轻裘的浮艳，当权力让善良沦落为恶虎的伥鬼，那种源于童心的人性的光辉，已黯然隐没在世俗的乌云中。

在如磐的暗夜里，还会有一盏莹莹的小橘灯，为你捎来浅浅的光芒吗？

在物欲的浊流里，还会有一条清清的碧溪，温情如翠翠一样，为你注一泓澄澈吗？

在肉麻的赞美声里，还会有一个萌萌的孩子，用一双清纯的眼睛，看穿皇帝的新装吗？

……

追寻童心，需折叠琐碎的心事，放下杂乱的俗务，暂忘缠绵的儿女情长，和志摩先生一起，于花丛柳丝的明艳中，聆听来自乡野的天籁。那里，有东篱采菊的暗香隐隐，西山潭影的禅意沉沉，枕石清流的沧浪之水，偃仰啸歌的竹影婆娑……

童心是灵魂生长的源头。仿佛是汪汪一碧的月牙泉，在日月星辉的掩映中，给沙漠滋润一抹青郁郁的绿洲。

赤子之心之于人类，便是不忘初心，秉持操守的责任。

赤子之心之于自然，便是绿水青山，金山银山的神往。

携一瓣童心，揣一腔豪情，澎湃波澜壮阔的赤子的情怀，让我们一起，去圆一个风清月霁的中国的梦想。

# 让独立精神往来于天地

白云不羁的飘逸，才有云卷云舒的浪漫；雏鹰无拘地飞翔，才有搏击长空的豪迈；树苗挣脱大地温情的拥抱，才有高入云天的伟岸；我们只有拥有独立于天地之间的精神，才能书写出一个真实而独具品格的自我。

独立的精神，是蔑视权贵粪土诸侯的淡泊。

战国时期，群雄割据，醉心于功名与权力的膜拜，成为士人竞相追求的风尚。于是有了"朝秦暮楚"的投机，有了"位尊多金"的追逐。独有一人，悠然于青山绿水的淡泊中，享受独钓水滨的乐趣，他就是庄子。有人嘲笑他的贫寒，以楚王之赐卖弄于前，他以海中遗珠反唇相讥；有人不屑他的清高，用国相之位夸耀于前，他浑然"持竿不顾"，以寓言睿智机敏回应。在众人熙熙，皆为利往；世人攘攘，皆为利来尚权拜金的物欲中，拥有自己独立的人格，"举世誉之而不加劝，举世非之而不加沮"。身如不系之舟，心如一池秋水，静静守候心中那片独立的蓝天。斯人已逝，然而，那一份源于独立精神的淡然，常驻于天地之间。

独立的精神，是卧薪尝胆胯下之辱的坚忍。

匹夫见辱，拔剑而起，挺身而出，文学大家苏东坡认为其不足为勇。真正的勇，是恬淡隐忍的大度，是看惯秋月春风的超然。"猝然临之而不惊，无故加之而不怒""忍小忿而就大谋"。面对吴王的羞辱，他不顾尊严，只为将来的一鸣惊人；面对轻浮少年的无理要求，他忍受屈辱，只为心中的那一份信念。勾践，一个曾卧薪尝胆刻苦励志的传奇人物，韩信，一个曾忍受胯下之辱的英雄人物，穿越千百年的历史红尘，在丹青山，留下自己永恒的印记。当对"荣"与"辱"有自己独立的思考，独立的认识，独立的体悟，每一步的足迹都镌刻着曾经的坚忍不屈。在鄙夷的目光中接受历练，以顽强的生命力在痛苦的泥淖中绽放绚丽的生命之花。

独立的精神，是勇于怀疑触角独到的创新。

独立的精神，是对墨守成规的叛逆，是对固步自封的颠覆。勇于质疑的品格，是创新世界最闪光的精神。"小疑则小进，大疑则大进。于不疑处生疑，方是进也"。对束缚欧洲千余年"地心学"的怀疑与挑战，才催生了"日心说"的诞生；面对"日心说"的大胆挑战，人类的目光，才投向广袤而无垠的宇宙，并在一辈又一辈的探索中，地球，逐渐拉近了与宇宙的距离。在这个知识爆炸日新月异的信息化社会，抱残守缺拾人牙慧人云亦云亦步亦趋，没有自己独立的思考，很难想象他还能拥有多久地球村的村籍。

独立的精神，需要的是一种淡泊，一种坚忍，一种创造。人生之路不会一帆风顺，独立朔漠，以寒风为衣，以贫瘠为帽，以荒芜为剑，独立的你，就站立成天地间最美丽的塑像。

落红归土，翠叶用独立的精神谱写了一曲"化作春泥更护花"的感恩；化蛹成蝶，青虫用独立的精神创造了一个美丽全新的自我；凤凰涅槃，烈火把凤凰牺牲自我的独立精神演绎成跨越千年的壮烈与绚丽。

# 敬畏崇高

一棵胡杨，孤寂地站立在大漠戈壁之上，用它的铁杆虬枝去点染荒原上独有的明艳与旺盛；即使倒下了，它的生命依然延续在大地的深处，用坚强与执着去雕塑荒原绿色的希望。

一头母牛，依依地舔舐着怀里嗷嗷待哺的牛犊，用满眼的清泪去抚慰写在牛犊心里的惊惧与哀伤；即使鼻孔被拉拽出鲜血，它依然拼命地用充满鞭痕的身子，呵护着生死离别时那份拳拳的母爱。

一位古人，艰难地支撑着滴血的心灵与身体，用常人难以理解的坚忍背负着做人的奇耻大辱，即使身位下贱，蒙污衔垢，依然去写"史家之绝唱，无韵之《离骚》"。

这就是崇高，执着、真挚、坚强，面对他们，我们只有敬畏。

敬畏崇高，是不管环境多么恶劣与孤寂，都能用执着的信念把自己的生命扎根进那片贫瘠的土壤，收获成熟与希望。像那片充满灵性的胡杨林，新疆生产建设兵团的来自全国各地的战士们，退伍后却没有回到他们魂牵梦绕的故乡，毅然地留守在荒凉的戈壁滩，在恶劣与孤寂中默默地奉献着他们的汗水、鲜血、青春、生命，以对祖国无比的忠贞与对那片热土的眷眷依恋，无怨无悔，把宝贵的生命升华为像彩虹一样的美丽与崇高。即使死去，那一颗颗紫色的灵魂还在大地的深层熠熠生辉，用高贵挥洒一道道亮丽的风景，用守望书写一个个让我们敬畏得生动的人生的情节。

高贵出自卑微，崇高源于平凡。在茫茫的荒漠里，胡杨的那一点灰绿几乎被沙漠的苍黄淹没；在芸芸众生里，生产建设兵团的拓荒者们，也许正如浩渺的苍穹里几颗落寞的星辰。然而，面对这一群浩浩沙风雕镂的塑像，谁能不肃然起敬，悚然生畏！

敬畏崇高，是不管面对怎样的困窘与考验，依然拥有至真至爱的友情、亲情、爱情，演绎一段段荡气回肠的惊艳。当山火用炙热与无情肆虐地烘烤着山野，蚂蚁们从四面八方汇集在一起，聚拢成一团，在熊熊的烈火里奋力向山下滚去，在劈劈啪啪的绝响里，最外层的蚂蚁义无反顾地用自己微弱的身躯，完成了他们生命的绝唱，而他们的家族，却因此避免了一场灭顶的浩劫；当一只受伤的老鹰躺在淋漓的血泊里奄奄一息，另一只老鹰紧紧地偎依在它的身旁，寸步不离，当它的同伴溘然逝去，它便以向石壁最后迅猛地一击，完成了壮怀激烈的最后的精彩；当人们挖掘震后的废墟，一幅感人的画面赫然映在他们的眼前：一位年轻的母亲已经在硬物的击打下僵硬地蜷曲着死去，可她的身下，她的不足六个月的女儿却奇迹般活了下来。她嘴里吮着母亲的乳房，安静地睡着，似乎浑然没有这场灾难，而那位年轻母亲后背，已被撞击得惨不忍睹……

敬畏真情，因为它是自然、人类乃至地球上所有的生命得以生生不息的血液之脉，繁衍之源；敬畏真情，因为它有血浓于水的心灵的感应，有高山仰止的崇高。

敬畏崇高，是不管遭受多少人生的阴霾与寒霜，却凭借愈挫愈坚的坚强，用阴霾铸就辉煌，用寒霜描绘春天。艰难困苦，玉汝于成。失败与坎坷贯穿着林肯的一生：经商失败，婚姻失败，事业失败……在挫折前，不灰心丧气；在磨难时，不怨天尤人。终于在 1861 年成为美国总统，为解放黑奴事业流尽了最后一滴血。

敬畏崇高，是生活之河里的百舸争流。它们为每一个弄潮者注入强劲的动力，在直挂云帆的奋进里奏响生命的凯歌，体味了生命的真实与厚重。

敬畏崇高，是生命的图腾。

# 底　线

　　像一棵根深叶茂的大树，千百年来，她执着地守护着心灵的月亮。风轻云淡，月色疏朗，是她坚守的道德的底线。因为有了她的守望，在华夏这片充满神奇的热土上，才涌现出一大批民族的精英，社会的栋梁。

　　"志士不饮盗泉之水，廉者不食嗟来之食"，是秉持节操的底线。

　　一潭汪汪一碧的泉水，飘拂着淡淡的清冽的芬芳，呈现在孔子和他的学生面前。这对因长途跋涉而身心困顿唇干口燥的他们师徒来说，是多么大的诱惑啊！然而，他们不能喝，不愿喝，不屑喝，因为温润如碧玉的泉水，却有一个令人生畏生厌的名字——盗泉。他们用力地咽下已经溢满口中的唾液，又拖曳着疲惫和干渴，消失在滚滚风尘中。

一碗白花花香喷喷的米饭，被踢到了他的面前。他已经多天没有进一点食了，饥饿，已把他折磨得两眼发花，四肢无力了。然而，他不能吃，不愿吃，不屑吃，因为这种极端鄙视的吆喝，这种打发乞丐的轻蔑，像针一样，刺伤刺痛了他的心。他用无神却异常坚毅的目光扫了一下施舍者，又艰难地爬行在充满坎坷的路上。

　　是的，他们应该选择拒绝，"生，我所欲也，义，我所欲也，二者不可得兼，舍生而取义者也。"因为在他们的心中，有比生命更重要的节操底线，那就是人格的尊严。坚守这种底线，才能在生和义的抉择里，毅然摒弃因贪欲而生成的懦弱，卑怯；才能"吾养吾浩然正气"，才能让这种浩然之气至大至刚至阳，充塞于天地之际，洋溢在古今之间。

　　"富贵不能淫，贫贱不能移，威武不能屈"，是生作人杰的大丈夫的道德底线。

　　"与天地兮比寿，与日月兮齐光"。翻开中华史册，一批民族的栋梁，就伫立在我们的面前。面对富贵的诱惑，他们"粪土当年万户侯"；面对贫困的煎熬，他们"但愿众生皆得饱"；面对严刑的威逼，他们"我自横刀向天笑"。摇尾乞怜的怯懦，他们痛斥；低三下四的软弱，他们蔑视；蝇营狗苟地生存，他们鄙薄。坚守这种道德的底线，他们就把自己升华为璀璨的星斗，在历史的天空下，永远闪烁着熠熠的光辉。

　　然而，也有在道德的底线旁迷失自己而走向堕落的人。这样的人富贵即淫，贫贱则移，威武而屈，用人格的尊严换来短暂的荣华和享受，可他们的脊梁却在千夫所指的唾骂声中而弯曲而畸变。看看历史上那些尸陈于道德底线旁的小人，腐烂取代了他们生前的锦绣，恶臭淹没了他们生前的高官与盛名，那些卖国求荣的鹰犬，迫害忠良的奸佞，祸国殃民的民贼，将永远被钉在道德的耻辱柱上。

做一轮明月吧，让自己的清辉永远萦绕着那棵道德的大树，身如树干般挺拔，德如明月般皎洁，在绿色的葱茏和洁白的朗照里，塑造一个完美的生命。

# 分　享

鲜花让大地分享芬芳，才有"百般红紫斗芳菲"的绚烂；小草让田畴分享苍翠，才有"萋萋翠色碧于天"的诗意；喜悦和幸福让人们分享，才能体现人性的善良和人情的美好。

学会分享，生活才能荡漾着翠绿的诗意。

"赠人玫瑰，手有余香"。学会把喜悦和幸福与他人分享，就像把美丽的玫瑰赠予朋友，就像让和煦的春风飘拂在人们的心海。那位抱着残疾的身躯，用坚强的膝盖跪着教学的老人，是偏僻山村书香的孤独的守望者，这一跪，就是整整的30年。30年，他让一届又一届的学生分享着知识的琼浆；30年，他让一批又一批的陌生人分享着他崇高精神的照耀；30年，他让那"日出而作，日落而息"的闭塞得近乎僵化的生活模式，在琅琅的读书声里，荡起翠绿的诗意。

2000 多年前，当孟子问齐桓公"独乐乐，与人乐乐？"的时候，桓公毫不犹豫地答道，"不若与众。"封建诸侯王尚且知道让百姓分享音乐的愉悦，是欣赏音乐的最娱乐最开心的境界；那么，把快乐和幸福与他人分享，就应该成为我们现代人做人的道德的底线。"投之以桃，报之以李"，在桃李的分享里，我们不仅能品味到桃李的甘甜，我们的心灵，也会被它们的蜜饯深深地浸染。

然而，自私像毒蛇一样，用"贪欲"的毒液，麻痹着世人的良知和良心。在一些人看来，分享可以，但应该是自己分享他人的喜悦和幸福，分享他人的智慧和劳动的果实；分享也可以施及他人，那是把自己的苦难和痛苦让他人帮自己分享。在这种极端自私的麻木里，他们以自我为中心，"拔一毛而利天下不为"。他们疏离了这个世界，世界也必将抛弃他们，最终，他们只能蜗居在被人鄙视的角落里，孤寂地咀嚼着人生的凄凉。

学会分享，世界才能洋溢着鲜花般的绚烂。

随着信息高速公路的普及，生活在地球村里的人们，越来越体会到"分享"的意义和价值。资源分享，信息分享，成果分享……"分享"，已经成为地球人赖以生存和发展的必需的品格。当特大海啸肆虐着东南亚万千生灵，吞噬着他们美好家园的时候，地球村里的所有村民们行动起来了，他们运来了一批批救灾物资，让身处饥饿和疾病里的难民，分享世人一颗颗滚烫的爱心；而村民们在履行着救死扶伤的责任和义务的时候，更在分享着灾区难民的苦难。是的，被海啸扫荡的地区满目疮痍，一片狼藉；然而，当爱心的阳光照耀着这片多难的土地的时候，人性的善良，人情的美好，就像一朵朵盛开的鲜花，洋溢着沁人心脾的芳香，绽放着姹紫嫣红的绚烂。

学会分享，让幸福的鲜花开满大地；拥有分享，让和谐的小草绿满天涯。

# "扫一屋"与"扫天下"

东汉少年陈蕃住室脏乱，面对他父亲朋友薛勤的批评，他傲然回答："大丈夫处世，当扫除天下，安事一屋？"薛勤反问："一屋不扫，何以扫天下？"陈蕃："无语，唯面赤耳"。

陈蕃应该感到脸红，连所处一室杂乱如此，都不知打扫，怎能干"扫天下"这样轰轰烈烈的人事呢？可见，"大丈夫处世"既应有"扫天下"的凌云壮志，更应有"扫一屋"的脚踏实地。

"勿疏小善，方恢大略"。凡干大事业者，首先从做好身边的小事做起。"泰山不让土壤，故能成其大；河海不择细流，故能成其大。"做好一件一件小事，完善一个一个细节，就会在不断的探索和努力中，洞悉事物内在规律，逐渐掌握提高办事绩效的技巧，"业精于勤"，只有勤奋地做好身边的每一件小事，才能完成像泰山一样高峻，江海一样浩瀚的大事。

刘邦看到东巡的秦始皇恢弘的气派，慨叹"大丈夫处世当如此！"项羽更是直言道："彼可取而代之！"可见，他们都有建功立业的凌云的志向。更可贵的是，他们把凌云的志向作为他们做好起义一切准备事宜的内在动力。于是，在举事前，他们做了很多的"小事"：逐户游说、囤粮练兵、购买武器……只有在完成了这些"小事"的准备后，刘邦、项羽的起义，才以席卷天下，包举宇内的强大气势，成为反秦义军里两支生力军，并最终推翻了暴秦的统治。

相反，徒有青云之志，却懒于从自我做起，从现在做起，从小事做起，总是沉溺在色彩斑斓的美好幻想里，最终必将一事无成。

四川的边远地带，有两个和尚，都有遨游南海的宏伟志向。但那个经济困窘的和尚说去就去了，从一步一步开始，整整一年，都在做跋山涉水这样艰苦而单调的小事，终于在新年钟声敲响的那天清晨，一片无垠的蔚蓝呈现在他的眼前；而那个富和尚，还在蜀地他的金碧辉煌的庙宇里做着蔚蓝色的梦呢。

耽于幻想，怯于行动，更懒于在小事上花时间，耗精力的人，是永远难成大事的。

可现在，这样的"富和尚"还是大有人在，他们胸怀"治国安邦平天下"的宏愿，指点江山，热血沸腾；激扬文字，慷慨激昂。然而，谈到行动，即使是"为长者折枝"这样的小事，也被他们看成"挟泰山以超北海"一样的困难，或像"扫一屋"这样的不屑。走进一些所谓"时代骄子"的公寓，臭气熏天，群蝇乱飞，狼藉满地。可骄子们是不屑"扫一屋"的，瞧，他们正用手捏住鼻子，跷着腿，在专注地读《经世治国论》呢。

为什么不暂时丢下它呢！拿起扫帚，把自己安身的"小天下"先"经"一下，"治"一下，记住古人薛勤的话，"一屋不扫，何以扫天下！"

# 跨越千年的短暂的美丽

　　一树桃花，绽放着一树的美丽，馨香依依，粉红灿灿。可一阵风狂，吹打得花飞花谢，落红飘飘。桃树的枝头，只剩下阴森森光秃秃的虬枝。

　　一只彩蝶，洋溢着满身的艳丽，舞姿翩翩，色彩斑斓。可一夜雨骤，摧残得蝶魂飞散，横尸无数。花丛柳丝之中，再不见情意款款成双相依的倩影。

　　一代文豪，在清风中泛舟，在明月里歌吟，在碧波间豪饮。风和日丽，歌亢酒酣，人闲舟漾。可东方既白，只有狼藉绕身，人去舟孤，宦海涌浊。

　　无可奈何花落去，似曾相识蝶归来，如梦人生独徘徊。当自然的美丽成为过隙的白驹，转瞬即逝；当人生的闲适化为飘渺的清风，无影无踪，这短暂的美丽，就氤氲为美好的记忆，幻化成精神的归依，定格为一种美丽的永恒。

所以，每一种美丽，即使短暂如流星，也有自身的价值；所以，追求一种美丽，即使短暂如烟花，也应该倾尽我们的心力。

为了短暂的美丽，要经受霜雪的煎熬和黑暗的考验。正如一树桃花的美丽，要经历严冬冰雪的孕育；无数彩蝶的惊艳，要忍受被束缚在茧中的黑暗，每一种美丽的诞生，都要像凤凰涅槃一样，经受烈火的炙烤和焚烧。中国飞人刘翔以闪电般的一瞬，在雅典奥运会上让五星红旗瞬间增添了骄人的惊艳，可在他飞跃的足迹里，浸透了多少心血和汗水！姚明在 NBA 赛场叱咤风云，星光闪耀，可我们在欣赏他精彩的抢断和扣篮的瞬间，小巨人承受了多少常人难以承受的伤病的痛苦！是啊，"成功的花，人们只惊羡它现时的明艳；而当初的芽，却浸透了奋斗的泪泉，洒满了牺牲的血雨"。

为了短暂的美丽，要有"不信东风唤不回"的执着的信念。在寒凝大地的隆冬里，桃树坚信红艳艳的梦；在黑暗如漆的丝茧中，蝶蛹还在坚守着飞翔的追求。是的，尽管它们即使真的实现了美丽的梦想，也只是短暂的，可它们一刻都没有放弃过，它们每时每刻都在为实现美丽的蜕变和跨越而孜孜地积累着，不懈地努力着。神六航天，只有短短的几天，可是它昭示的短暂的美丽自豪了华夏，震惊了世界。为了这短暂的美丽，我们的航天人熬过了多少不眠的夜晚，经过了多少严密的论证，饱尝了多少失败的痛苦。就是凭着这种愈挫愈坚的执着，中华民族千年飞天的梦想，才伴着新世纪的曙光在广袤的

223

蓝天翱翔！

为了短暂的美丽，要有苏子的乐观和豪迈。泛舟赤壁，享受明月清风的沐浴，闲适幽远的浸染，固然是人生乐曲里最美丽的乐章，但聪明如子瞻者，能不知道酒醒后心情依然落寞？天明后生活依然沉重？然而，"今朝有酒今朝醉""有花堪折直须折"。靖节先生采菊东篱的怡然，青莲居士举杯邀月的潇洒，和苏子歌吟碧波的陶醉一样，都是在尽情地享受着苦涩人生里短暂的美丽。也正是在短暂美丽的咀嚼里，让他们体味了人间的大悲哀，悟出了生活的大智慧，走进了"无功无己无名"的大境界。

让短暂的美丽穿越千年，让桃花年年飘红，让彩蝶岁岁舞蹈，让那轮明月，那缕清风，那叶扁舟，还有那壶永远飘香的酒，定格为岁月的永恒，幻化成我们精神的归依。

# 问渠哪得清如许，为有青莲洗碧波

  一泓清泉，几朵青莲，晶莹剔透，澄碧晕染。它倒映着蓝天白云，掩隐着绿树青山，用它的纯洁和馨香，淘洗出一个青湛湛蓝莹莹的朗朗乾坤。

  问渠哪得清如许，为有青莲洗碧波。

  是的，几朵青莲，点缀绿波，掩映蓝天，不仅让绿水生香，芳香馥郁，还能让清泉如玉，洁净无瑕。

  做人如水，也要让青莲亭亭玉立在人生的泉水里。让青莲在我们的心灵生根、发芽、茁壮地成长。这样，我们才会拥有一颗冰心，一种崇高；我们的人生，才能撑起一片青湛湛蓝莹莹的美丽的世界。

  清廉，是立身之本。心如一池秋水，身如田田青莲，是古今志士仁人执着的人生追求。他们"廉者不食嗟来之食，志士不饮盗泉之水""富贵不能淫",守身如玉,皎皎无瑕。子罕弗受宝,公孙拥布被,陶潜不折腰……不贪,是他们做人的道德底线,也是他们立身之本。当物欲像色彩斑斓的美女蛇,向他们含情凝睇,秋波暗送的时候,他们坚守心灵的净土,恪守做人的信念,思想宁静,心地淡泊,让道德的大树时刻守候着心灵的月亮。他们,就把纯净的清泉,汇入历史的长河;他们,就把廉洁的思想,幻成历史的天空下最璀璨的星斗。泽被后世,照耀千秋。

"清者自清,浊者自浊"。当污泥浊水污染了你的心田,当你的心田里青莲的芳菲不再,你就会迷失在物欲的旋涡里,浊浪销蚀了人格,贪婪腐蚀了心灵,卑劣夺走了尊严。贪赃枉法,背信弃义,卖国求荣……只要求得一己之私,便无所不用其极。他们是社会的蛀虫,他们是人民的罪人,他们将永远被钉在历史的耻辱柱上!

清廉,是为政之道。廉则政清,政清则民服。废贪立廉,清俭自律,才能让衙门永如清水。当私心不再像鬼火一样燃烧,当贪欲不再像浊浪一样怒号,当牟利不再像酒醉一样燥热,你的心灵,青莲之花才能盎然地怒放。"出淤泥而不染,濯清涟而不妖",在古代一塌糊涂的泥塘里,才傲然地绽放出许多皎洁的荷花。两袖清风的羊续,独以官贫的魏征,铁面无私的包拯,源洁流清的海瑞……似中流砥柱,有了他们阳光的照耀,中华民族的文明史,才有了许多高亢激昂的乐章。而共产党员先进性熏陶出来的我们党的干部,以廉为荣,清白做公仆;以正为贵,踏实做表率。他们忠肝沥胆不为苟且,傲骨丹

226

心专为正大。"心血浇开一片花海，生命写春秋"的孺子牛式的优秀干部牛玉儒，公安局局长任长霞，反腐砥柱郑培民……他们是碧波荡漾的国家建设的大潮里傲然挺立的青莲，盎然怒放的荷花。有了他们的芳香飘逸，我们的党才越来越纯洁；有了他们的特立坚守，我们社会主义的事业才越来越兴旺发达；有了他们的皎皎无瑕，党的温暖，才越来越送进人民的心坎。

正如湛湛的青天也会涌出几抹乌云，在中国这汪清澈的池塘里，偶尔也会冒出股股浊流，虽然这不会改变水的澄碧的主流，不能改变莲花的馥郁的芬芳，但总会在人们的心坎里，布下难以抹去的阴霾。胡长清、成克杰、李纪周、刘方仁、王怀忠……他们是社会的蛀虫，他们是国家经济仓库里的硕鼠。庆父不死，鲁难未已！贪官不除，国家不宁！澄清和湛蓝，永远属于祖国金色的秋天。

清廉，是兴国之脉。现在，腾飞的中国，像一位巨人，屹立在世界的民族之林。而清廉，就像贯穿我们全身血肉的经脉，给健康肌体供给新鲜的血液。当血液中滋生肌瘤，腐败就会侵害着我们民族的巨人。因此，崇尚清廉，杜绝腐败，我们的国家才会青春常驻，长盛不衰。

其实，在任何一个文明的国度里，反腐倡廉，永远是社会监督的主题。不管是在贫穷的古巴，还是在发达的美国；不管是在振兴中的南非，还是在兴盛的北欧。伴随着社会的不断进步，经济的飞跃发展，反腐的利剑永远在国徽和国旗的辉映中闪着清凛凛的寒光。是的，人无清廉不立，国无清廉不存，要让我们的国家长治久安，兴旺发达，清廉，永远是我们追求的品质。

　　问渠哪得清如许，为有青莲洗碧波。让我们高扬清正廉洁的主题，让廉政文化走进我们的心灵。心如秋水，澄碧鲜亮；格如青莲，婀娜芬芳！看门前花开花落，看天上云卷云舒，永远拥有一颗淡泊的情怀。

# 体味清闲

　　清闲是花与酒构成的一首田园诗。在历尽人生的风风雨雨、坎坎坷坷、沉沉浮浮之后，在饱尝了人情冷暖、世态炎凉、红尘纷扰之后，那些大彻大悟者，往往便遁迹世外，归隐田园，作为自己的最终归宿，在花山中偃仰啸歌，在酒海里寻觅诗趣。有"花间一壶酒，对影成三人"的潇洒；有"采菊东篱下，悠然见南山"的恬适；有"人生在世不称意，明朝散发弄扁舟"的豁达；也有"日日深杯酒满，朝朝小圃花开。自歌自舞自开怀，无拘无束无碍"的怡然自乐。他们在洁身自好中咀嚼清淡，在清静无为中体味闲适，他们体悟到羽化成仙的极乐只是耽于幻想者自欺欺人的一种自我麻醉，在田园中享受悠闲的时光，才是实实在在的生活。

　　清闲是心灵重负的一种解脱。在清幽的荷塘月色中，朱自清把白天琐碎繁杂的工作和麻乱沉重的思想搁置一边，"什么都可以想，什么都可以不想，便觉得是个自由人"。他顺手扯几片朦胧的月色，在缥缈的荷塘中清洗，月儿变亮了，诗人也在清闲的时光里享受到片刻轻松。

在阴森森的古槐下，沏一杯酽酽的浓茶，细数枝叶筛落的阳光的翠影，倾听青天下驯鸽嘹亮的哨音，现代作家郁达夫在政治与经济生活的重重压迫下，在几经沉沦之后，终于找到了这块能排解心中郁闷的伊甸园。是的，这样的生活很平淡，也很落寞，但在心灵被世俗的囚笼禁锢得近乎麻木的作家的眼中，拥有这片刻的清闲与尺寸的净土，该是多么惬意，多么富有诗意啊！

文人的心灵总是息息相通的。唐诗人王维早已体验过这种以闲适为美的极致的生活情趣。"人闲桂花落，夜静春山空"，便是这种生活的剪影；春山寂寞，落花窸窣，人意悠悠，在静穆的氛围里，人与自然已水乳交融在一起了。

清闲是在克己人事之后所付出的一份合理的企盼。

"黄梅时节家家雨，青草池塘处处蛙。有约不来过夜半，闲敲棋子落灯花。"细雨绵绵，蛙声如潮，为了朋友相约，主人在鹅黄色的灯光中静静地守候，也许等待的时间太久了，他时而轻敲棋子，时而挑拨灯花，在意绪阑珊中心平气和地打发清闲。孔子说："有朋自远方来，不亦乐乎！"与一二知己秉烛夜谈，是人间乐事；但在静静地守候中，静静拥有对美好时光的企盼，享有一片清闲的时空，也许会别有情趣吧。

当然，也有一些多愁善感的人，会在清闲的落寞中滋生缕缕愁绪:"试问闲愁都几许?一川烟草,满城风絮,梅子黄时雨。""无可奈何花落去,似曾相识燕归来。"……其实,这只是他们精神空虚、百无聊赖的慵懒罢了。能真正体味清闲的情趣,真实地拥有清闲的生活,应该是那些内在生活极丰富,充满了崇高精神活动的人。

# 套圈与圈套

　　街头巷尾，活跃着一种叫套圈的游戏，摊主持圈数套，由近及远，面前摆着小玩意若干。最近的，往往是一两块糖果，一小尊石膏玩具之类；愈远，摆设的物品愈贵，然最贵的也仅仅是一把口琴，两盒洗发膏而已。

　　套一次圈，一般是一角钱，花费不高，又有眼前的小摆设逗引，往往成为天真的孩子们和街头游逛的无聊者们乐于角逐的游戏。

　　漫步街头，如果哪里人头攒动，黑压压的一圈，必定是套圈的游戏闹得最尽兴的地方。持圈者神情严肃，一眼紧闭，一眼光芒如炬，向前瞪着，呈瞄准状；蹲在规定的界线内，身子却努力向前倾，尽力缩短与所套目标的距离。撅起的屁股，因尽力拉长而显得变形的下身，一眼望去，真像是一只加长的龙虾。随着挽在手中的数只圈子逐渐变少，眼睁睁看着投出去的一只只圈子恶作剧般地从猎物旁跳跃着蹦走，种种复杂的表情像走马灯一样绽放在他的脸上：无奈，失望，愤懑……但更强烈的却是亢奋。于是，一张张的钱币落入摊主的口袋，一个一个的套圈继续在猎物左右蹦落跳跃，在不觉间，套圈者已落入摊主设下的圈套。

其实，套圈者如果让发热的脑子稍稍降降温，让失衡的心态稍稍平静些，会觉得花十元、八元去套几块糖果，几尊石膏像是多么的不值；即便套来最"昂贵"的口琴什么的，与自己浪费的宝贵的时间相比，与自己几近枯竭的精气相比，显得多么微不足道啊！

但套圈者依然是"前赴后继"，摊子前依然是人头攒动，摊主呢，依然是在自己设下的圈套旁边抛出圈套，边拾着钱币，边满足地笑着。

那些在权钱色的交易中不断迷失自我、失去人格的人们，实际上，他们也是在圈套的游戏的角逐中，逐渐落入了圈套。只不过他们想套的目标是权钱色乃至更刺激的东西，所落的圈套是人格的丧失、铁窗的关押乃至刑场的断头罢了。

# 心有莲花，岁月染香

总惊艳于南海观音一袭流素，身坐莲台，接引众生，循声救苦的佛光普照。于舒卷的祥云中盎然怒放的莲花，仿佛是流光溢彩的云霞，总会在每一个月光皎洁的夜晚，依稀落入我的梦中。恍惚间，就会看到从莲的花蕊中，蹦出许多扎着抓髻，穿着肚兜，像藕一样白白胖胖的福娃，叽叽喳喳地绕着我的床嬉闹……

佛说，每个人的心中都有一朵清静的莲花。有沉静的眼，平和的心，不管人间有多少苦难，多少坎坷，莲花盛开的地方，总是云淡风轻，岁月染香。

一泓清流，从南朝的南塘婉约而来，柔柔的、亮亮的，像姑娘们束于腰间的纨素。一袭绿裙，一枚田田婆娑的荷叶；一双明眸，一湾清澈澄碧的秋水；一张笑靥，一朵莞尔吐艳的莲花……"采莲南塘秋，莲花过人头。低头弄莲子，莲子清如水……"唱着《采莲曲》，船儿在密密的荷叶间出没，荷塘便不时划出一道道凝碧的波痕。

这个时令，是采莲的季节，也是红男绿女酬唱相思氤氲情爱的最美时光。那潋滟波光的莲花，仿佛是一颗颗青春驿动的心；那鼓胀着清香的莲子，又像是爱情初结的青涩的果。还记得目光碰撞的一瞬间，羞红的脸，如莲花一样娇艳吗？还记得一低头的温柔，像莲花不胜凉风的娇羞吗？还记得插于发鬓间的玉簪，于低眉间悄然落于水中的惋叹吗？

流水脉脉，莲花无语，只有"怜子"心清如水爱的表白，永远纯净如莲，绰约在每一个少男少女善感的心灵深处。让晕染着荷香莲韵的流年，握着终身相随的暖，把一个个平淡的日子，梳理成一道道诗意而浪漫的风景。

因为"出淤泥而不染，濯清涟而不妖"，千百年来，莲花，一直以洁身自好的清纯，成为士大夫执着的品质追求，是摇曳在他们精神高地上最美丽的花朵。

诗人屈原，"制芰荷以为衣兮，集芙蓉以为裳"。以碧碧芰荷皎皎莲花，寄寓自己皓皓之白耿耿衷肠。也许只有烂漫地葳蕤于汨罗江畔的尖尖小荷，才会让他有融身青荷投身清流的决绝。因为他坚信："不吾知其亦已兮，苟余情其信芳！"正如一轮红日被乌云遮蔽，点点青荷没于水中，只要光芒在，荷香存，自身的美质，一定会昭然于世，流芳于后。

也许是屈原精神的浸染，追求品格的脱俗，成为士大夫人文情怀最高的审美。他们流连着拳拳荷韵眷眷荷香，仿佛是襁褓中的婴儿依恋着母亲的乳香。

"荷叶出地寻丈,因列坐其下,上不见日。清风徐来,绿云自动。间于疏处,窥见游人画船,亦一乐也。"在荷叶中归隐,在荷花中俊赏,在荷香中陶醉,如同"竹林七贤"寄身幽篁,仰偃啸歌般的超然,五柳先生采菊东篱,悠然南山的幽远,莲花盛开的地方,是纯美情愫心灵的皈依。因而,是理性必然也好,还是兴致偶然也罢,那方清流荡漾、绿叶挥洒、红莲吐芳的荷塘,总是如菩提婆娑,镜台荧荧,安暖着心灵最柔软的归依。"误入藕塘深处""沉醉不知归路",便是魂依莲花醉意的表达。

笑看花开是一种好心情,静看花落是一种好境界。只要莲花于心灵四季开放,人生历练的心路,便倾洒一片清香。

# 美酒酽酽酿人生

　　人生没有酒的滋润是干枯的，而浸泡在酒里的人生又是麻木不仁的。

　　酒是恬静心灵的桃花源。李白诗有："人生达命岂暇愁，且饮美酒登高楼""君爱身后名，我爱眼前酒。饮酒眼前乐，虚名何处有""举杯邀明月，对影成三人"……写得是何等的超然，何等的洒脱，何等的雅趣！闲暇时做几道小菜，备一瓶好酒，约几个知己，畅享一腔快意。当那酽香的美酒从唇至舌，沿着舌尖入喉、进心。那时，所有的烦恼、纷争、愁绪尽抛九霄，陶醉于美酒的醇香，陶醉于人生的美好，是多么的优哉、乐哉、美哉！

　　酒是点燃灵感的导火索，成为艺术家创作时不可缺少的元素。如，唐代狂草大家张旭，他外号张颠。每每喝得酩酊大醉时，就驾驭着竹毫纵横驰骋于纸墨间，呼喊狂走、一气呵成。所以他的书法逸势奇状，变动犹鬼神，透视出一股豪放飘逸之气。诗仙李白同样因酒而灵感勃发，借着美酒浇出无数篇激昂慷慨、婉约流溢的美诗。红楼梦的主笔曹雪芹，当年流落于京城期间，穷得连稀粥都喝不上。但曹雪芹仍不可一日无酒，每次喝得醉眼蒙眬时就奋笔疾书。可以说，若没有酒，便不可能有千古名著《红楼梦》的问世。近代大画家傅抱石更是嗜酒成癖，无酒不成画。他在自己得意之作上方，常常钤上"往往醉后"一印。

酒是滋润感情的润滑剂。俗话说："酒桌上好办事。"它可以消除障碍，联络感情；冲刷龃龉，倾吐心结；加深了解，增进友谊。和陌生人或远方不常往来的好友饮酒，能在推杯换盏、觥筹交错间拉近彼此之间的距离，加深感情。想知道狡猾的小人朋友之底细，先请对方喝酒。待他饮得烂醉如泥时，定会"坦心露肺"，口吐真言。当遇到难办之事，一样可以先请对方吃饭饮酒。待吃得杯盘狼藉、饮得酩酊大醉时，那些原本非常棘手的事也就迎刃而解了。

酒是遣减忧愁的开心果。当心情郁闷、无处排遣时，借酒可以浇胸中之块垒。一旦喝得酩酊大醉或半醒半醉、虚虚幻幻中，就会迷失了自我，所有的愁绪、抑郁尽抛九霄。古时无数名人墨客就以酒消愁。如：曹孟德的"对酒当歌，人生几何。譬如朝露，去日苦多。慨当以慷，忧思难忘。何以解忧，唯有杜康。"李白的"五花马，千金裘，呼儿将出换美酒，与尔同销万古愁。"李清照的"愁城欲破酒为军"等等。当然，真正以酒消愁减压的手段我认为是不可取的，至多只是起到暂时的麻痹。所谓：抽刀断水水更流，举杯消愁愁更愁。喝过量的酒不仅不能缓解内心的痛苦，反而会自伤身体。

酒是提振胆气的健力宝。当酒精渗入到人身上的每一根神经，每一个细胞时，会搅乱人的心智，使人神志不清，胆量急遽膨胀。瞬时，一个原本非常消极的懦夫可以变得胆大妄为。就如当年武松如果没有十八碗酒的催涨而至头脑发热，他敢去打老虎？他有那个实力与胆量吗？当然，以酒壮胆的方式更不可取。当你喝到"浑身是胆、雄赳赳"时，极容易引发出不必要的麻烦，甚至是致命的危险。毕竟酒盅连着警钟，饮酒即可助英雄胆，又能让横祸路边生。

酒是延年益寿的滋补液。少量饮酒，能祛风散寒，活血化瘀，蠲痹散结，促进人的新陈代谢，而达到轻身延年的目的。尤其是葡萄酒，对于有心脏病的人来说，有明显的预防效果。而对那些经常失眠的人，临睡前浅饮一杯，可以提高睡眠质量。酒精也有抗血栓的功效，可以减少中风的发生。酒又为谷物酿造之精华，能补益肠胃。总之，适度饮酒可以降低中年和老年人的死亡率。但切记要节制、只能小酌，否则物极必反。《本草纲目》有句："少饮则活血行气，壮神御风，消愁遣兴；痛饮则伤神耗血，损胃亡精，生痰动火。"

所以酒与人生玄机暗蕴，互为阐发。它可以悟人生百态，理人生百味。但，要记住酒是天使也是恶魔，是一柄集着美好与邪恶于一身的双刃剑。喝酒能成事亦能败事。所以，我们是可以饮酒，但不能沉酗于酒，一定要摒除酒带来的恶的属性……

# 草根的定位与人梯的品质

"草根"的说法，产生于 19 世纪美国寻金热的流行期间。盛传有些山脉土壤表层，草根生长的地方就会蕴含黄金。词的意思大概是"基础的、群众的"。把教师人格定位为草根，是应该让传统意义上的"师道尊严"从高高在上的象牙之塔里走出来，从耸入云天的神坛上走下来，让教师更平民化更大众化。

学富五车的知识泰斗，虽然其学养如泰山般伟岸，虽然其人格如大地般厚重；然而，除了从他们的言谈举止上自然感到他们大师级的崇高与伟大外，他们衣着的朴素，他们待人处世的谦和，和一般的平民是没有什么雅俗的分别的，更看不出他们有什么趾高气扬不可一世的骄狂的。儒学圣贤孔子周游列国，和学生甘苦与共，最艰窘的时候险些倒毙沟畔；中国现代

240

文学之父鲁迅，曾乐然为学生擦皮鞋；国学大师季羡林先生，曾多次为刚入学的北大学子看管行李……

"大智若愚，大象无形，大音希声"，用庄子的话来说就是"无己、无功、无名"。这样的境界，用功利的目的，庸俗的眼光来看，是永远解读不了它内在的涵养的。

"师者，所以传道授业解惑也"。但教师"道"的深浅，"业"的厚薄，"解惑"是否彻底，不仅靠自己的学养，更主要的是对学生情感的深度，爱的厚度。任何一个教有成就的教育者，无不是把教育看作自己的人生的归宿，把学生看作自己情感的生命。像特级教师于漪的"爱心渗透每堂课"教育，钱梦龙老师的"学生主体教育论"等等，都是把对学生关注度作为衡量教育质量的尺度。

可是，现在的一些教师，把自己重新提升到早已在教育改革的风雨里摇摇欲坠的象牙之塔中，他们教育的主体意识是老师，主角是老师，在他们眼中，学生只是被动吸纳知识的工具，生命、生气、生活……一系列生机勃勃的字眼，都应该远离教育。课堂上推行"一言堂"制，没有教学民主，没有和谐的师生关系，师生之间就是传授与吸收，教导与听从的关系……所有这些，归根结底，是教师的"草根意识"淡薄了，代之的是一批高高在上的教师新贵族的出现。

草根意识的消亡，新贵族的出现，从教师的思想深处究因，是这些教师"人梯精神"的缺失。人们经常用"红烛""春蚕"等字眼，来形容教师自我牺牲的"人梯精神"。只因为有一批又一批教育的人梯，架设在人类文明大厦的根基之上，人类进步的火种，才得以生生不息地传承。在历史的星空里，最亮丽最耀眼的，应该就是这样一些富有自我牺牲、无私奉献精神的师魂。

看来，草根定位，应该是教师实现自身价值的必须具备的平民意识；而人梯精神，则是完善教师人格必须具备的品质。拥有这样品格的教师，才能在教书育人的平凡工作里，真正体会什么是激情和幸福，什么是真正的红烛精神。

# 古镇小巷

　　"如一篇意味隽永的散文，是这册古老的线装书中最美的一章；如一幅古朴淡雅的风俗画，写意着古镇的风土人情……"在一首题为《古镇的五线谱》的小诗中，我这样深情地讴歌古镇的小巷。是的，古镇的小巷自有她迷人的魅力，你随便徜徉一条寻常的巷陌，脚下一律是亮亮的青石板，古色古香，一尘不染。如一泓悠悠的清泉，小巷在默默中向更深处延伸。当你迷离于山重水复的困惑时，一抬头，一条新的小巷又柳暗花明般地蜿蜒在你的眼前。

　　没有闹市的喧嚣与纷扰，清清纯纯、磊磊落落、平平淡淡；万籁俱寂，与自己的跫音对话，跟淡泊与豁达交流。偶尔也会听到"吱吱"的开门声，却是一位深居简出的街坊少女，发现陌生人，她会羞赧地捂住红红的脸，倏然消失在青砖碧瓦

243

的院落中……

青黛色的围墙铸就了小巷敦厚庄重的品格。走在小巷中，你随时会看到一簇簇紫藤萝，在小巷的两侧挂起绿色瀑布。你鼻翼翕动，便有一股清新的气息悄然而至。修竹依依，摇曳在青砖碧瓦之畔，疏影横斜，珊珊可爱。春天里，你更会惊喜地发现，嬉闹在枝头的杏花会顽皮地把脑袋探到小巷的肩膀上。"春色满园关不住，一枝红杏出墙来"，古老的小巷漾起了缕缕春意……

小巷，也是古老文明的象征，这不仅表现在小巷深处那一座座弥漫着浓浓醋香的私人作坊。仅辑一幅寻常百姓生活的剪影，就很有几分文化的氛围。每当夕阳西下，紫燕归巢，小巷中便飘起来丝竹的音响，交汇着各种剧种的合唱；旭日初升，小巷里又会闪耀习武者的刀光剑影，荡漾着养鸟老人丝笼中百鸟的低唱……

我爱古镇的小巷，爱她的清、静，爱她的古朴雅致，更爱她身上所洋溢的人性的美，人情的好。

# 秋瑾墓与岳王庙

西子湖畔，孤山脚下，一尊洁白的烈士塑像屹立在万绿丛中，它就是近代为民族解放与妇女解放事业付出生命，旧民主主义革命时期中国革命的楷模，秋瑾女士的墓。

与瞻仰岳王庙的滚滚西去的人潮相比，秋瑾墓显得很冷清，陪伴一代女侠的，只有秀丽的湖光山色和萋萋芳草。

但岳王庙轩昂气派，它金碧辉煌，气势恢弘，楼台亭阁，参错绵延，颇有皇家园陵的气派。

岳飞抗金，秋瑾反清，都是为拯救民族而喋血者，可是，岳王庙的凭吊者人头攒动，秋瑾墓前门可罗雀，这，究竟是为什么？

盲目敬官的奴化心理。

官者，管也。在古代，为官的自视为百姓的父母，为民的

245

也甘作官们的子民。惧官、敬官，已逐渐形成一种近乎奴性的民族心理。岳飞，活着没有 40 年，却做过镇抚使、太尉这样显赫的官职 20 余个，爵位至开国公，死后，还被追封为鄂王。诸多官、职、勋、爵，堆成一座神秘的圣坛，高高在上的岳飞被后人顶礼膜拜，也在情理之中了。

秋瑾则平凡得多。从做家庭妇女相夫教子到求学东瀛，兴学故里，始终以一介平民的身份为同盟会革命行动和光复事业献出碧血丹心，仿佛是衔木填海的精卫鸟，在默默中书写悲壮，在平凡里创造伟大。

"居高声自远"，身居高位，交乌纱运，自然声名远扬。在唯官是敬，奉官为父母的国度里，岳王庙的热闹与秋瑾墓的冷清，是必然的事。

男尊女卑的夫本位思想。

"休言女子非英物，夜夜龙泉碧上鸣。"鉴湖女侠在短暂的一生中，孜孜追求女性健全的人格与自身的价值，在祖国的总解放中争取妇女自身的解放，担负妇女应负的任务，成为近代妇女革命的楷模。但几千年束缚在中国妇女身上的枷锁是很难打破的。秋瑾的革命壮举并没有突破夫本位的罗网，过去乃至现代，不还是有许多遗老遗少为她抛夫别子而大摇其头，大光其火吗？

可岳飞不同，他高唱"满江红""驾长车，踏破贺兰山缺"，何等威武！何等雄壮！千余年来，在国人心中竖起了一座永恒的丰碑，岳王庙的香火日渐其盛便是明证。

唉，谁让秋瑾是个女儿身呢？

246

况且，岳飞是赵家王朝的大忠臣，精忠报国，奋力抗金，护主的因子恐怕也不少；秋瑾则是清王朝的叛逆者，是推翻专制统治的率先发难者。秋女士于君不忠，于夫不从，封建道德主宰下的民族心理是难以接受这一切的。

游完西湖，心情很沉重。多少年过去了，我再没有拜谒秋瑾墓与岳王庙。

# 沉香变成木炭的思考

质地芳香馥郁，被誉为世界上最珍贵的树木——沉香，在材料里演绎着悲情的故事，被一把火烧成木炭，在扼腕长叹之余，我更多的是在深深地思考。

利令智昏，蝇头小利蒙蔽了年轻人智慧的双眼。

年轻人一开始坚信沉香是宝物，而且，在沉香的身上，还浸透着他跋山涉水历尽艰辛的血汗，但最终还是被他烧成木炭，他终究没有摆脱眼前蝇头微利的诱惑。

生活中，这样的"年轻人"还是很多的。尽管我国的许多自然资源都很匮乏，但一些地方政府官员，盲目追求眼前的一点经济利益，把比沉香要珍贵得多的稀有金属的开采权廉价卖给国外，以此换来微薄的外汇，捞取"辉煌"的政绩。

材料中的年轻人把沉香烧成木炭，浪费的毕竟是自己的经济收入，糟蹋的是自己的劳动成果；而那些沉溺在短期政绩追求中的地方官员，暴殄的是国家的财富，出卖的是人民的利益。损失之巨，危害之大，影响之恶，是年轻人把沉香烧成木炭的愚昧之举远远不及的。

其实，这种利令智昏的愚昧之举，仅仅是生活中买椟还珠的冰山一角。像一些农村的孩子，为挣得眼前一点可怜的工资，被父母逼迫辍学打工；一些风华正茂的大学骄子，为求得暂时经济的富余，中断学业，投身商海，甚或委身富门，沦落为被老板或富婆包养的二奶、二爷。他们本来有如沉香一样美好的质地，如花一样美丽的前程，可这一切，都断送在对"木炭"盲目的追求中。

黄钟毁弃，千里马常有而伯乐不常有。

质地之美和使用价值之高，木炭是不能和沉香相提并论的。但木炭"被一抢而空"而沉香却"无人问津"，反差之大，暴露了购买者审美能力的缺失。如果把沉香喻作千里马的话，那些消费者就是伯乐。珍贵如沉香明珠暗投，等闲若木炭却求者云集，伯乐相马，可谓弱智低能之至。

这种黄钟毁弃，瓦釜雷鸣的戕才的悲剧，在生活里也总是在热闹地不间断地上演着。"用人唯亲"取代了"唯才是举"，那些谙于世故，左右逢源的"木炭"，光亮灼灼，能量无限；而德才双馨，默默奉献的"沉香"们，却门前冷落，境况凄凉，或委身木炭，或"骈死于槽枥之间"，遭遇可叹！命运可悲！

欲让沉香享其值，尽其用，就呼吁着"不为物役"的崇

249

高道德的回归。"年轻人"不能因利欲熏心，利令智昏而本末倒置，取舍不当；"伯乐者"更应慧眼独具，"不拘一格降人才"。

# 五四精神在召唤

　　岁月长河滚滚前流，八十个春秋的风风雨雨，已浇灭了赵家楼的熊熊烈火，洗尽了东交民巷的斑斑血迹。但在刀火色的衰微中，五四精神在历史的天空下猎猎地张扬着，它昭示着一个苦难民族不屈不挠的过去，也在开启着一个新兴国家光辉的未来。

　　五四精神，是天下兴亡，匹夫有责的精神。当我们的民族在列强的铁蹄下呻吟，在瓜分豆剖中风雨飘摇的危急关头，一批热血的青年奔走呼号，用他们的青春、热血和对祖国的忠贞，谱写了一曲曲惊天地、泣鬼神的壮丽乐章。80年后的今天，中国正处于新旧世纪交会的十字路口，改革开放的重任，民族振兴的希望，寄托在我们青年的身上，让我们常怀报国志，永拥报国情，为共和国的宏伟大厦添砖加瓦。

五四精神，是除旧布新、锐意改革的精神。20世纪初，封建旧秩序用传统的伦理道德，定格了国人的思想与生活方式。五四青年响亮地发出了"反对旧道德"的呐喊，国人精神为之振奋，衰老的民族重新焕发勃勃生机。

当今世界全球经济日趋一体化，走出国门，迅速登上知识经济这列快车，是时代赋予青年伟大的使命。迅速地确立自己的价值坐标，敏捷地捕捉转瞬即逝的人生机遇，沉着地应对多元经济的挑战，这些，都呼唤着我们有初生牛犊的闯劲和大刀阔斧的变革精神。

五四精神，是崇尚科学、去伪存真的精神。崇尚科学，根治愚昧，古老的中国才能复活青春。五四青年召唤"赛先生"的呐喊，在方圆九州激起了荡涤愚昧的滚滚浪涛。80年过去了，崇尚科学已蔚然成风，"科技是第一生产力"的思想已深入人心。但根深蒂固的陈规陋习非一日就能灰飞烟灭，各种逆时代潮流的迷信活动常常沉渣泛起。我们应勇敢地担起去伪存真的历史重任，讲科学，用科学，在思想意识形态中铺就一道"科教兴国"的绿色长廊。

五四精神，是奋发进取、不断超越的精神。轰轰烈烈的五四运动正是奋发进取、不断超越的精神。正是那个时代青年外争国权、内惩国贼的一次革命壮举，他们点燃了一簇民族的希望之火，用自己的热血和生命，塑造了五四青年奋发进取的品格。

在这片孕育了五四精神的热土上，在这个拥有五千年文明的国度中，在新旧世纪相交合的峥嵘岁月里，作为新时期的青年，我们怎样才能无愧于这充满变革的时代，把五四精神发扬光大？历史展开了庄严的考卷，期待着我们以实际行动作出圆满的回答。

# 保尔和比尔

　　保尔·柯察金，是《钢铁是怎样炼成的》主人公，他以钢铁般的意志，向生命的极限挑战，演绎了平凡而又可歌可泣的壮丽人生。

　　比尔·盖茨，是世界电脑巨子微软公司的创造者，他以超人的智慧和永不言败的执着，使自己一度成为世界上最年轻的富有者，是知识经济的表率。

　　假如有这样的一个人，他身上结晶了保尔和比尔的双重品格，无疑，他是现代社会里一个相当完美的人。

　　他像保尔一样地生活。不因碌碌无为而羞愧，不因虚度年华而悔恨，把一生都献给了人类最壮丽的共产主义事业。他活得有意义，有价值。为了实现这一理想，他把自己置身于革命的熔炉中冶炼。意志、品格，都像钢铁一样坚强。

他像比尔一样富有睿智和惊世的才华。现代社会的主宰者是科学，知识创新和知识经济是个人与社会发展的两只巨大的车轮。比尔以自己的智慧，掌握了驱动车轮的钥匙，他成功了。从这个意义上讲，他不仅仅是金钱上的富有者。

保尔与比尔是两面熠熠闪光的镜子，常拿来照照自己，我们会得到许多启迪。

# 激　励

　　一次偶然的机会，我欣赏中央电视台"地方文艺"栏目中展播的电视散文，便被那一个个语言、画面、音乐构建的意境深深地陶醉了，从那以后就开始给编辑寄去一些评析和感悟的话。不想竟被中央电视台编入"关于散文的话"一栏，并在中央电视台播出。一时间，同事、领导送给我好多的赞叹。在他们看来，我的那段关于电视散文的话，也就是电视散文，在中央电视台黄金时段播出，不容易！不简单！

　　盛誉之下，我颇觉得难为情。几句评析，谈不上什么艺术性，更没有电视散文的品位，心情惴惴之余又颇有几分感慨。

　　崇尚权威，也许是人类的共性吧。在权威刊物、电台、电视台刊播一两篇文章，权威人士的一两句话，往往在普通人的圈子里产生轰动效应，这倒不是文章或话的本身。譬如我自己吧，平时爱好文学，在县报市报上发表的诗文也有一二十篇，有几篇被省级报刊转载。但这点业余爱好，常被好事者斥之为不务正业。真想不到，一篇品位不高的散文评析，让自己获得了与以往截然不同的评价。

就把这件事当作一个契机吧，爬格子的路我将走得更远。毕竟，那一声声热情的赞誉，让我得到了不少激励。

# 情系"一二·九"

69 年前，当日寇的铁蹄肆意地践踏着美丽的华北，祖国母亲在欺压与凌辱中流着鲜血与泪水，痛苦呻吟的时候，是你们，时代的骄子，中国的骄傲，一群热血青年，饱蘸青春的激情，擎一腔效国之志，毅然地走在了御侮抗暴的最前列。

"停止内战，一致抗日""平津危急，华北危急，中华民族危急"。愤怒的呐喊，蓬勃的朝气，像一柱熊熊燃烧的火把，照亮了无比黑暗的旧中国。

69 年后的今天，当我们坐在宁静的教室，聆听老师谆谆的教诲，享受新中国和煦的春风，我们却惊讶地发现，我们中的一些人，却表现出和这个风雷震荡的时代格格不入的沉沦与麻木。下面的画面，在座的同学也许并不陌生——

历史老师提问："圆明园是谁烧的？"

258

一个正在埋头听歌的同学怔怔地说："又不是我烧的，找我干吗？"

听了这个似乎是幽默，却让我们心中发酸的故事，你们也许觉得不可能会发生在自己的身上。怎么可能呢？是高中生了，读了近十年的书，怎么这点小常识都不知道呢？

是的，也许你不会扮演这个悲哀的可怜的角色；但是，当问我们"一二·九"和"九一一"各是什么日子的时候，我想，答对后者的比率将远远大于前者。

可爱的同学啊，当我们在书声琅琅中体味读书的真谛；当我们徜徉桃李园，尽情地享受着生命的美好；当我们沉醉在港台流行音乐里，忙着追星的傻，做着明星的梦，我们是否感到，我们的肩头，有时代赋予我们的沉甸甸的责任。

当今，国际形势日趋严峻，虽然"和平与发展"依然是这个时代的主旋律，但某个超级大国单边主义的推行却甚嚣尘上，不时把战火燃烧到世界各地；曾给我们和亚洲带来巨大灾难的某个邻国，军事大国的野心日益膨胀，拜鬼的鬼影幢幢，不时掀起阵阵波澜；一些对中国不怀好意的国家，总是对我们的发展垂涎三尺，横造事端……

如何让我国能真正跻身于世界强国之林？民族复兴的重任不容回避地落在了我们青年的身上。

天下兴亡，匹夫有责。我们要像"一二·九"青年一样，指点江山，激扬文字，勇敢地跃身于时代的激流里，义无反顾地承担起社会赋予我们的重任。

我们要像我们的先锋那样，为了实现自己的理想，富有自我牺牲的精神。光有热情，光有理想是不够的，当中国母亲不仅需要我们为她奉献激情，还要奉献青春的时候，我们要毫不犹豫地奉献我们的一切。

同学们，改革的春潮在激荡，祖国正插上腾飞的翅膀扶摇直上。怎样无愧于我们伟大的时代？怎样让我们的青春神采飞扬，熠熠生辉？一张人生的考卷已展现在我们的面前，期待着我们以实际行动作出最响亮的回答。

# 墨香有痕

　　点燃一盏心灯，用一抹墨香浸染如歌的岁月。咀嚼一个个飘香的文字，仿佛在和一颗颗高尚的心灵作娓娓的絮语。素笺铺展于心田，犁出清浅的绿波；墨香浸润于脑海，发酵深邃的思想。文字飘香的地方，是我灵魂执着的皈依。

# 桂花赋

丁酉秋晚，与客恣情荒原，清风如水，木落萧萧，仰观舒云漫卷，俯闻蛩音如潮，心有戚戚焉。客怅然曰："秋分已过，转瞬霜降，渥然丹者，或为槁木；黟然黑者，皆为星星。满目萧肃，花事凋零，赏心乐事，于我何如哉？"

予笑曰："花事随心，爱恶因缘。桃花映面，氤氲相思；采菊东篱，遂怀幽远；濯波青莲，而成高洁。至若葳蕤枯衰，唯意是适。"客无语，若有深思。

或风移香涌，桂影婆娑，绿玉枝头，金粟摇黄；碧纱帐里，梦魂飘香。予曰："吾观群花，大美呈于表，娇容艳于枝，丽质耀于前，至于桂，则迥乎异也！花蕊如粟，掩面深碧，暗淡轻黄，体性羞赧。然香浓如瀑，桂子月中落，天香云外飘。淡贮书窗，芬芳入心。则桂孰与群芳欤？"

客恍然若悟，从容曰："向之所爱者，春李，夏荷，秋菊，唯是而已。今观秋桂，妆容素雅而馥郁漫溢，姿态猥小而丽出蟾宫，谦谦自敛，暗暗流香，玉兔银蟾，眷眷守护；嫦娥姹女，款款依偎。此所谓玉蕴南山远，龙藏东海深也。然则花之圣者，桂也！"

　　予莞尔而笑，曰："明于此，则悟修身之道也。"

# 银城佳园赋

序属中秋，岁在丙申。与客游于古镇板浦，吊汪氏遗宅之沧桑，叹镜花水月之虚无，怀昨昔盐都之阜盛，发百废待兴之唏嘘，良有时也。

客曰："书载，秋园伯仲于苏杭，秋风初起，秋月已盈，盍作秋园游？"予笑而携之往。距园百余步，东南而望，客抚掌而叹："粉墙碧瓦，参差绵延，岂憩园之景乎？飞檐拱椽，动静互映，岂拙政之巧乎？然则秋园媲美于苏杭，信也！"

予笑曰："非也非也！秋园毁于兵燹，七十余岁矣，今园之可观者，唯残桥半座，水牢一间，余则零落殆尽矣！适君之所叹者，银城佳园也！"客瞠目而惊，默然良久。予曰："银城曰佳园，佳者众矣！做工机巧，得江南园林之精髓，一佳也；南面秋园，四时美景，一览无余，二佳也；毗邻善水，倚靠伊芦，得水之韵，山之灵，三佳也；北眺肆井，拥四时之利，八节之鲜，四佳也；连贯通衢，表里城乡，五佳也；通古镇文脉，兴一方经济，泽万千百姓，六佳也。"客曰："惠民若此，则兴其业者，良有以也。"予颔首以应，击节而叹："樊公银成，高尚士也！生于布衣而不妄自菲薄，屡遭踬踬而挽狂澜既倒，实业富民，造福一方。企业之倾颓欲坠者，樊公妙手，皆能回春。县衙太守，皆称之曰'能'。故樊公倾心力作之银城佳园，民之闻者喜，客之见者叹，而吾进出其里，谙其曲折，则犹有感焉。"

故作《银城赋》："一曲新词酒一杯，良辰胡不古镇归？杨柳丝中新酒店，善后河里鳜鱼肥。粉墙碧瓦映山秀，雕梁画栋妆水湄。高低错落忽迷离，人事皆忘忆采薇。"客大喜，不觉手之舞之足之蹈之。

# 夜游秋园记

丙申中秋夜，与客买醉酒肆，举杯邀月，觥筹交错，不觉迷离。客曰："拥酒而醉，抱醉而游，因游而乐，何如哉？"

予曰："月白风清，花香浮动，名园咫尺，盍作秋园游？"客大喜，酩酊而起，趔趄而行，逶迤曲折，顷之，秋园至矣。

客曰："昔秋杰缪公，励精盐务，流通南北，辐射周遭，盐都板浦，一时阜盛。乃修秋园，人工理水，堆山而成，又间以亭廊，杂以花木，淮北名园，一朝修缮。吾尝研观秋园存图，大草坪小花山天工巧成，观花廊碧纱笼掩映成趣，茅亭茶亭景陶亭玲珑有致……然今观之，树影幢幢，冢垒重重，莲池波漾，冷月无声，胜貌安在哉？"

予曰："夫子尝言，诗可兴观群怨，其秋园之谓乎？适其兴时，菡萏红于池，芳草碧于天，美人笑靥映花，佳客络绎如

267

云，游斯园也，属酒临风，登高望远，发其得时知遇之慨，斯为'兴'也。赏四时之景，拥八节之利，享秋园之兴而觉人事之盛，睹名园之败而悟天道无常，斯为'观'也。结群而游，心系于园，寄秋园为逆旅，作胜地一过客，指点江山，褒贬世事，为'七子''七贤'，偃仰啸歌，斯为'群'也。至若盛极而衰，兴尽悲来，泣黄叶之枯槁，伤名园之倾颓，哀时事之日下，叹一苇之飘零，岂无怨乎？斯为'怨'矣。由是观之，秋园入史，并为诗韵，通有灵犀焉。"

客颔首以应，默然无声，若有深思。而秋虫唧唧，夜色盈怀，冷露侵衣，不觉月上中天矣。

# 芬芳的音符

## ——致在声音世界里行走的主播

又是这抹芬芳的音符，在又一个清浅的时光，柔柔如一缕春风，悠悠如流水潺潺，款款地飘入我的耳鼓，涓涓地注入我的心田。

流连这抹芬芳的音符，像小草依恋着春天，船儿依偎在港湾，小鸟向往着暖暖的窠巢。

浸染着笔墨的清香，沐浴着岁月的芳华，咀嚼着人生的沧桑，仿佛一阕阕天籁，时时舔舐着我的心灵。

落黄的季节，你是一方蓝莹莹的碧空，恣情地写意着骀荡的诗情。

飘雪的日子，你是一株红艳艳的梅花，灿烂地盛开着圣洁的琉璃。

陌上花开，你拔节了多少青春的梦想；月满西楼，你又旖旎了多少个春风沉醉的夜晚。

"谁家玉笛暗飞声，散入春风满洛城。此夜曲中闻折柳，何人不起故园情。"

当笛音袅袅，不绝如缕，游子思乡的情思，就浸漫成滂沱的泪泉。

这跳跃着磁性，弥漫着魔力的音符啊，你就是一千多年前，荡漾在洛城那支渺茫的笛音。梵音起了，我的心潮涨了，我的泪眼湿了，我生命的情节，随着你的抑扬顿挫而起伏跌宕。

总喜欢把自己羞涩的文字，比着待嫁的新娘；心仪的平台，就是我心中艳羡的君郎。

而你芬芳的音符，就是那身光彩照人的嫁衣，那顶流光溢彩的凤冠，那副弥散着神秘与期待的盖头……

白落梅说："人的一生会遭遇无数次相逢，有些人，是你看过便忘了的风景；有些人，则在你的心里生根抽芽。那些无法诠释的感觉，都是没来由的缘分。"难道这如从爱琴海对岸飘来的，魔笛一样的音符，是我墨香红尘中一段不解的缘？是我简约日子里生根抽芽的一棵菩提的树？

既然这样，假如你是初春紫燕的呢喃，我就是守候你一方温馨的窠巢；假如你是夏日黄鹂的清唱，我就是榆荫下你痴情的等待。

秋霜落了，你清肃如叶的跫音，馥郁了万丛烂漫的菊黄。

雪花飘了，你纯洁似雪的天籁，温暖了一季瘦瘦的清寒。

芳音起了，我的泪珠会悄悄地滑落。

芳音起了，我的文字，会在你的清雅与圆润中久久地流淌……

# 仰之弥高，钻之弥坚

## ——一骑绝尘的《论语》精神

宋人说，"天不生仲尼，万古长如夜"。一部《论语》，浸润着绵延二千多年的汉文化脉搏，锻造着华夏民族文明的灵魂。仁人志士，把它作为"修身，齐家，治国，平天下"的思想精髓。从汉代"罢黜百家，独尊儒术"开始，儒学，一直是支撑起历代王朝上层建筑的栋梁。

"人之生也直"——人性之道。人要有真性情，去虚伪，尚质直。所以《论语》中屡直言。"直"者内不以自欺，外不以欺人。心有所好恶而如其实以出之。孔子讲了一个小故事，一个人的父亲偷了人家的羊，在常情他的儿子绝不会把这件不光彩的事情张扬，是谓人情。而儿子却证明其父偷了羊，孔子认为，这个儿子要么是沽名卖直，要么是无情不仁，"故不得为真直也"。"乡愿，德之贼也"。"乡愿"，就是伪君子，孔子把它看作是品德修养的仇敌。由此看来，表里如一，不矫揉，不造作，应该是"直"的内核。

"仁者爱人"——君子之道。仁之爱，如糖之甜，醋之酸，爱是那滋味。南宋大儒朱熹在《朱子语类》中这样阐明"仁"与"爱"的关系："爱自仁出也。""然也不可离爱说仁。"孔子认为天下归仁的根本，是"克己复礼"，约束自己合乎于礼。他以"仁"作为一切道德的评判。他认为，"富与贵，人之所欲也；不以其道，得之不处也。贫与贱，人之所恶也；不以其道，得之不去也。君子去仁，恶乎成名？"不管是大富大贵还是身份下贱，"仁"的道德准绳贯穿始终。"不义富且贵，于我如浮云""贫贱不能移""富贵不能淫"。"仁"，是孔子哲学的中心观念。

"君子不忧不惧"——忧乐之道。儒家将忧分为两类：一为外感的，因困难挫折而招致的忧，也即物欲或难以满足之忧；一为内发的，欲实现理想而生的忧，也即善性力图扩充之忧。前者如在陈绝粮，如箪食瓢饮。孔子赞扬他的学生颜回身在陋巷不改其乐之贤，"贤哉，回也！一箪食，一瓢饮，在陋巷，人不堪其忧，回也不改其乐。"颜回的不忧，是君子修养的外感的最高境界。而君子真正当忧的，是内忧。像孔子的又一个学生曾参，每天都在多次地反省自己，"为人谋而不忠乎？与朋友交而不信乎？"这是追求品德臻于至善的忧，这是惧怕"德之不修，学之不讲，闻义不能徙，不善不能改。"的忧，这是先天下之忧而忧的忧，这是思出民于水火而登衽席之忧的忧，总之是种种内圣外王之忧。

"学而不厌，诲人不倦"——教育之道。孔子开创了平民教育，是中国历史上第一位真正的教师。他以极大的爱心，非凡的智慧和对人性的精微体察创立了中国古代教育理念和师道。"古之学者为己，今之学者为人"。孔子主张"为己之学"，学本身就是目的，而不是达到目的的手段。在儒家看来，学就是学做人。这个"人"，不是自然主义意义上的人，而是审美上的升华，道德上的完善。为此，孔子的教育之道，就是培养真正意义上的"人"。孔子不愧是教育家中的圣人，他的许多教育理念一直是中式教育的经典。如"学而时习之""温故而知新""学思并举""敏而好学""不耻下问""三人行必有我师"等等。诸多教育箴言，灿如星河。

"兴于诗，立于礼，成于乐"——人文之道。人生于自然，长于文化。只有在深厚的文化传统中不断发掘，才能获得发展的源头活水。孔子确立了尊重传统，履践礼仪，感悟诗乐，学习经典的成人途径。兴于诗，因为"《诗三百》，一言以蔽之，曰：'思无邪'"；立于礼，孔子追求"乐而不淫，哀而不伤"的中和之美；成于乐，"子在齐闻《韶》，三月不知肉味，曰：'不图为乐之至于斯也'。"礼乐的功用这样伟大，我们读《论语》，仿佛见到孔子的音容笑貌，举止动静，就可以想象到他内心和谐且生活有纪律，怡然自乐，和蔼可亲。孔子在老年的境界尤其是能混化乐与礼的精神，所以"从心所欲，不逾矩"，"从心所欲"是乐，"不逾矩"是礼。

崇敬圣人，我们不妨用孔子学生颜渊对他老师的赞语，"仰之弥高，钻之弥坚"；阅读《论语》，我们还是用颜渊的话来抒写心中的感怀："瞻之在前，忽焉在后"。这是《论语》一骑绝尘的精神魅力所在。

# 《育人者心语》序

一个个感人的教育故事，一篇篇精彩的育人华章，一颗颗滚烫的美丽心灵，一行行洒满心血开满鲜花的园丁之路。春蚕吐丝的无私，红烛流光的奉献，俯首为牛的勤勉，视生如子的大爱……所有教育的美好与崇高，似乎都汇集于此，在娓娓地倾诉着育人者心语。

《育人者心语》浸润着"爱"的琼浆。教育如花，而爱就是花的蜜。像一条潺潺的溪水，"爱"，穿越在字里行间，沉淀在故事的每一个细节中。

爱是对学生人格的尊重。小心而细心地呵护着学生的心灵，如同守护着我们自己心灵的月亮。从远方寄来的一百元钱里，在那个已经走出校门的学生真诚的自责中，我们感悟到，学生犯错误时，暂时给他一个隐藏的空间，比在众目睽睽之下彻底抖搂出来更能洗涤道德的污垢。从 Tom 老师和 Jerry 学生的 PK 中，我们感受到宽容与理解的力量。从 QQ 架设的师生之间心灵的桥梁，到微博联络的师生沟通的纽带；从把自己的嫁妆"嫁"到教室的心裁独运，到父子之间没有硝烟的"战争"之后的冰雪消融……许多凸显"尊重"主题的育人故事，在阐述着教育的启迪：一步就是一生，一念之差就是天壤之别，几秒就可以决定着学生人生的成败。

爱是对教育品质的敬畏。优秀的教育品质，是以人文关怀为核心，以平等民主为理念的平民化教育。教师的对象是富有情感的、具有纯洁心灵的学生，教师的辛勤劳动和坦诚之心一旦感染了学生，就会引起学生对教师由衷的敬爱。许多感人的教育故事演绎者，主角大多是班主任。他们忙碌的身影，掩映着灿烂霞光，点缀着满天星辉；同样，他们演绎的精彩故事，也如霞光般璀璨，如星辉般斑斓。翻阅着学生的日记，就是在翻阅着一颗颗滚烫的心灵，在与学生文字的对语里，在"乱花渐欲迷人眼"的目不暇接的风景里，我们把自己默默地化为春雨，"润物细无声"；提携着《孤独的纸灯笼》，从她暗弱的光亮里，我们引领着学生在艰辛与挫折的泥泞中，跋涉出一条蜿蜒的心路；从那位忧伤的女孩绽放的笑靥里，我们欣赏到忧伤盛开的花朵的美丽；从那段不能不说的秘密里，我们体味淡淡的墨香里飘溢的学生心香一瓣的温馨……许多彰显着"关怀"情愫的育人故事，在浓浓的人文关怀中，人性的善良、人情的美好，让《育人者心语》更有着沁人心脾的教养的芬芳。

# 有花堪折直须折

## ——《花季》寄语

"劝君莫惜金缕衣，劝君惜取少年时。有花堪折直须折，莫待无花空折枝。"诗的作者，在记忆中已不甚了了；诗的内蕴，经众家评说，如今也是莫衷一是。但"有花堪折直须折"句，却时时敲扣着我的心坎，至去年年终灌南实小之行后，诗的回震便越发强烈了。

灌南实验小学每年都搞一次以"营造书香校园，打造人文实小"为主题的读书节，2003年也没有例外。活动有一个版块叫"作家对话大分享"，邀请市内知名作家与学生面对面交谈。应邀前访的有我市重量级散文家彭云、姜威等。也许是组织者的错爱，竟将我的名字也位列其中。讲学，当然是蜻蜓点水；对话，也常常枉顾左右而言他。但我的心总是一次次地被震撼：孩子们一双双渴求知识的眼睛，一个个和他们的年龄并不相称的问题，一摞摞已被反复阅读的世界名著……要知道，他们大多是 10 岁左右的小学生，如果说，少年是人生的花季，那么，这些孩子最多算是一朵朵含苞欲放的花蕾。然而，他们阅读面之广，阅读质量之高，阅读思考之深刻，真的让人叹为观止。

优秀的文学作品本身就是一朵朵美丽的花朵，文字优美，如花样姹紫嫣红；思想深邃，如花香沁人心脾。读一本好书，如采撷一朵芳菲的花朵，净化心灵，遍体留香。

但许多同学距离文学之花是日渐遥远了。在这些人心中，数理化是人生背囊里三颗沉甸甸的珍珠，拥有它们，便可以优哉乐哉，受用一生了。于是，有勇气、有兴趣采摘文学之花的人，在许多人看来，就成了不务正业的游手之徒了。

但偏见毕竟是偏见，文学的魅力与作用是愈显其巨了。即使读理工学院的大学生，也须必修大学语文。科学实验证明，缺少形象思维的抽象思维，是永远难以跨越"优质思维临界点"的。

基于这种认识，《花季》就要和文学之花打交道，我们当然希望我们的栏目里，能绽开几朵国色天香的牡丹，但即使开的仅仅是一些狗尾巴花，我们也是很欣慰的，毕竟，较之荒芜日久的文苑，还是呈现出一些生机。

而且，在料峭的寒风里，春天正一步步地向我们走来。春风起了，开花的日子还会远吗？

# 我读"厕所文学"

　　厕所，是人们排污泄垢的地方，却有文人学士就地取材，在更衣静蹲之时，或默诵潜思，或赋诗作画，创作颇丰。

　　此生有幸，在车站、旅馆、公园甚至学校，只要是在公共场所的厕所里，笔者都能一饱眼福，多方位、多层次、全视角地欣赏到"文学家"们在厕所里的杰作：或诗、或文、或画、或注、或评点、或评点之评点……可谓诗文并茂，形神兼备。文学家们关于性的出奇的直率，对于色的狂热的崇拜，令人肉麻，颇令我有出汗的困难。

　　真是异曲同工，诸类"文学"，无不流连于细腰肥臀，无不乐道于肉体性爱。诗必艳情，文皆刺激，画蕴挑剔，评点多属点睛之笔，评点之评点尤能勾魂摄魄。料想"艺术家"们奔忙于厕所之惨淡经营状，虽臭不闻，长蹲不懈，公事不顾，乐此不疲，那些苍蝇公见此定会喜不自禁："嘻嘻，嘻嘻，又多了一个同志！又多了一个同志！"然而，"文学家"毕竟是"文学家"，他们较之苍蝇，的确进化了许多。苍蝇们仅从事口头文学创作，唱唱而已；"文学家"们可是实地劳作，不尚叫嚣，不图名利，而且不索稿酬。否则，投到某些小报上，准能夺几枚"花花公子文艺奖"的徽章戴戴，惜哉！惜哉！

苍蝇般的志趣，屎尿般的臭味，它们杂交的混血儿便是"厕所文学"。它是创作者黄色灵光的返照，卑劣情调的写真，是疽痈，是毒刺。魔爪所及，人性被亵渎，人格遭蹂躏，精神受污染。可时下，"厕所文学"并未休矣，却欣欣然荡出厕间，爬向墙壁，晃进闹市，由暗及明，颇有发扬光大之兆，方兴未艾之势。他们的品格堕落如是，行为卑劣如是，这，不能不引起人们的担忧与重视。

当然，一桶白浆，几天涂抹，便可将这些"厕所文学"掩盖起来；但，这也仅仅是掩盖而已。要彻底将这些有辱世风人格的阿堵物铲除，还得将卫生的扫帚伸向"文学家"们的深心——正如要洗洁厕所一样。厕所不洗，臭不可闻；心灵的污垢不除，同样会腐烂、变质、发臭。

伤风败俗的"厕所文学"，该绝种了！

# 最美开学季

盼望着，盼望着，暑气淡了，秋味浓了，开学的日子到了。

缤纷的彩旗，红色的横幅，斑斓的气球……校园像一位妩媚的新娘，霞帔着鲜艳的盛装，喜气盈盈，缦立凝睇，深情地迎接着新生、老师、家长……

新生们穿着新新的衣服，挂着甜甜的笑靥，说着亮亮的话儿，徜徉在鲜鲜的美美的校园。张张笑脸，如一朵朵莹莹的花朵，灿烂地开放，芳华了青涩的时光。

红领巾飘扬着幸福的童年，团徽闪光着少年的梦想，大学的徽章，如一叶叶方舟，承载着青春的风华、寻梦者滚烫的心灵。

在校训的勒石前留个影，让校魂熔铸心坎；于花海中择一方清幽，沉淀驿动的思想；去操场的草坪上活动一下身心，让激情与豪迈伴白云一起，在蓝天下翱翔。

崭新的书本，洋溢着沁人的墨香，如蜜饯般清凉。小心地把心爱的书儿装帧，期待知识的甘泉款款地晕染。

于教室粉白的墙上，植一棵平安树，枝丫间累累的千纸鹤，衔着满满的新的希望，在书山学海间飞翔。

班主任走进教室，齐耳的短发，戴着澄碧的眼镜。打开"黑板"，打开一片葱茏的世界。那里有文学生长的沃土，数字魔幻的乐园，眺望宇宙的天眼……还有，她一生心血泼洒，情感浇注的爱的深情。

新学期第一面国旗冉冉升起。热烈与鲜艳，渲染了湛蓝的秋天。被国旗映红的一张张庄重的脸庞，像挂满枝头的一枚枚丰硕的秋果。

开学季像秋雨洗过的空山，一切都是新的。

开学季如春风沐浴的嫩苗，充满着青郁郁的希望。

# 当美丽的爱已经凋零……

　　舒婷的《致橡树》，讴歌了作为树的形象玉立在爱的丛林里的现代女性，讴歌了她们捍卫人格尊严、追求地位独立的现代爱情观。当所爱的人像橡树一样挺立在自己的身边，她和他相知相恋相依。然而，当美丽的爱已经凋零，所爱的人已成逝去的杳鹤，她，将情系何处，心依何方？"与其在悬崖上展览千年／不如在爱人的肩头痛哭一晚"。舒婷在《神女峰》中，借助对望夫石传统意义的新的阐释，把《致橡树》表达的现代爱情观又深化了一步。

　　眺望峰巅，伫立千年，痴痴地等待不归的丈夫，风风雨雨，潮起潮落，美丽的少妇终于把像花一样美丽的生命幻化成一块落寞的石头。然而，她从一而终的附庸与隶属夫权的盲从，其精神既契合封建的贞节观，这块颇具悲剧色彩的石头，就变成了人们膜拜的痴情者圣洁的雕像。无怪20世纪80年代了，它又在享受着女孩子们"挥舞的各色花帕"的敬重。

可是，我的"手"却"突然收回"，"紧紧捂住了自己的眼睛"/"当人们四散离去"/我/"还站在船尾"，在人们的崇敬与膜拜的赞叹声中，诗人却以独特的审美视角与深刻的道德思考，重新体味那一缕"美丽的梦留下的美丽的忧伤"。当古代那位女子祈盼丈夫归来的梦，终于变成了那缕出岫的山岚；当那段荡气回肠的爱情故事，终于演绎成一掬美丽的忧伤，一种真情价值的拷问，敲击着诗人善感的心灵："但是，心"/"真能变成石头吗？"

"为眺望远天的杳鹤/而错过无数次春江月明"，为坚守心中的那一腔痴情，让自己痛苦地徘徊于幸福的门外；为等待心中那一个不归的最爱，让自己孤寂地啜饮一生的凄凉。假如人心如石，当然不能体验情殇的痛楚。可人心不会变成石头，剥除了那层用"夫本位"的茧皮束缚的心的外壳之后，那被岁月的风雨削蚀得苔痕斑斑的石块，除了有一点凝眸相思的轮廓外，真正意义上的爱情何在？

"与其在悬崖上展览千年/不如在爱人肩头痛哭一晚"。反思那一段滴血凝泪的爱情悲剧，参悟用幸福的概念解读的爱情故事，诗人这样理解爱的价值。思考的深刻，源于女诗人第一次从"人"的本体意义上去阐释"爱"的真谛，用"生"的幸福指数来评判"爱"的意义。

当美丽的爱已经凋零，从落英的缤纷中走出来吧。毕竟，爱情如花，不可能重返枝头；毕竟，不远处，还有一棵会开花的爱情树，等待她用"心"去浇灌。

# 赤子的恋情

## ——《黄海之恋》抒情内涵的美学追求

现在，打着创新的旗号，肆意亵渎诗之美质的伪诗歌甚嚣尘上，甚至有泛滥成灾的态势。虽门派纷然，主张各异，但其本质却是一样的货色。那就是在形式上追求怪异，在内容上沉溺自我，宣泄主观情绪。能贴近生活，融入社会，忠实地做时代歌手的诗人日渐稀少了。唯其稀少，尤显可贵。乡土诗人王行聪便是这"可贵"诗人中最乡土的一位；他的诗集《黄海之恋》，便是投向灰色的诗的国度里一抹鲜艳的亮色。

"为什么我的眼中常含着泪水，因为我对这片土地爱得深沉。"像一只多情的春鸟，王行聪将自己的一掬诗情满腔爱恋，全部倾洒在生他养他的这片多情的土地上。他"吮吸着黄海的乳汁，深深眷恋着海味浓厚的风土人情和故乡的一草一木"，因而，他的诗作，也不能不"留下浩瀚的黄海和美丽的海州湾的印记"。可以说，一个"恋"字是贯穿诗集的情感脉络，其海滨的一山一水、一草一木、风土人情、史迹掌故……都倾注着诗人"小草恋山"般依依的深情，拳拳的爱恋。

《美丽的海州湾》——一方心灵的家园，诗情放飞的地方……

海州湾，江苏的北戴河，是诗人可爱的家乡，也是诗人一方心灵的家园。海的澄碧，晕染着他纯净的诗心；海的汹涌，掀起了他一浪紧过一浪的诗的波澜。渔帆点点，渔歌袅袅，彩贝熠熠，游人依依……海州湾一切的神奇与美丽，幻化成诗人笔下美丽的诗行。这里凝结着一份血浓于水的赤子深情，这里激荡着飞翔着诗人浩淼的诗情。一本诗集中，仅以"海州湾"入题入诗的就不下 5 首。有的直抒胸臆，歌咏其美丽。"还有那举世闻名的花果山 / 夹谷茶香四海客 / 连云港满五洲帆 / 百里黄金带 / 一路好景观"；有的着意铺陈，尽显其富饶。"沿海百里黄金带 / 鱼虾蟹贝海鲜全"。不仅如此，诗人又以此作为诗情飞扬的辐射点，把颂歌唱遍家乡的每一片土地。

他歌颂《家乡的小河》："像一条彩带飘舞 / 似一条长龙蜿蜒 / 一头牵着波涛汹涌的大海 / 一头系着青松翠柏的群山"；他歌颂《村边的小池塘》："青草　野菜　芦苇荡 / 还有朵朵花儿向太阳 / 春天来这里打猪草 / 也曾挖的野菜当粮食 / 夏季是我天然的游泳场 / 雨水满塘胜过太平洋 / 秋天池里鱼虾肥 / 更有童趣入梦乡"；他歌颂《青口桥》："并驾齐驱一般高 / 河水悠

悠走双娇 / 虽无长江天堑的雄姿 / 却有超凡脱俗的相貌"；他歌颂《秦山》："始皇亲临为你祭奠 / 徐福在此东渡扬帆 / 童男玉女三千美谈留人间"。还有《茶乡之歌》《徐福祠》《盛夏之野》……"感人心者莫先乎情"，正是诗人倾注在诗集中的如黄海一样深邃，似海浪一样汹涌的浓情，才让诗集拥有勃勃的生机与鲜活的生命。真是"黄海海水深千尺，不及诗人寄情深"。

《西部的向往》——颂歌献给每一片土地，感情的触角四通八达……

诗人歌颂故乡情之深，面之广，的确溢彩流金，美不胜收；但如果寄情一隅，即便色彩斑斓，也脱不了"小家子气"。诗人情感的触角四通八达，早已跳出了故乡的"小我"，迈入国家的"大我"。诗歌情感的脉络与时代共振，审美的视角投向祖国的"大故乡"，情浓依旧，意兴盎然。《西部的向往》："驼铃声声的古丝绸之路 / 记忆着遥远的繁荣兴旺 / 一曲千古绝唱的凉州词 / 不朽的音符刻下历史的沧桑。"在怀古的幽思中寄托着西部复兴的祈盼；《到通化》："列车碾碎岁月的尘埃 / 歌声唱满山河的潇洒 / 通化 通化 / 抗日的云烟美如画。"在那片滴血凝泪的往事里，充满着对这片英雄土地的礼赞；《到西安》："瞻秦陵 观则天 / 仰武帝 游骊山 / 寻法门 抚大雁 / 陈梦如醒 往事如烟。"诗人与其说是凭吊历史的陈迹，不如说是在历史烟云的变幻中寻找民族复兴的希望。此外，像《咏南京》《咏济南》《咏杭州》《到温州》《览北京》……足迹书写着滚热的诗行，双眸捕捉着美丽的瞬间。诗心如水，激情似火，诗人不愧为时代的歌手，寻美的夸父。

《丰碑礼赞》——颂歌献给每一颗崇高的心灵……

物之美，已在诗人的笔下铺成一幅幅美丽的锦绣；而地之杰，缘于人之灵。钟灵毓秀，正是"一方水土养一方人"。在讴歌故乡的佳山秀水的同时，诗人努力寻找一颗颗高尚的灵魂，用崇敬与真诚，为他们雕塑一座座英雄的雕像。《丰碑礼赞》："浩瀚的黄海呀／波涛为何这般汹涌／辽阔的大地呀／激情为何如此喧腾／红旗里裹着闪电／歌声里卷着雷鸣。"这是英雄的土地，抗日山安息着英烈们不屈的灵魂。在浅唱低吟的颤音里，我们仿佛听到诗人正和高洁与伟大作心灵的对话。《写在鲁迅墓前》："擦亮敬仰的目光／继续聆听您的呐喊／忧郁虽然还在困扰着您的面庞／但您那犀利的目光早已穿透了黎明前的黑暗。"沐浴着智慧的星辉，鲁迅精神在诗人的热血里激荡。《拜谒岳王庙》："时光流水般地逝去／但绝不会掠走民族的浩然正气／千里迢迢谒英雄／高风亮节催奋蹄。"历史的风云交会于胸际，民族的精神在诗人的笔墨里张扬。就抒情基调而言，《有感刘公岛》沉郁苍凉，《历史的枪声长鸣》激越扬厉，《歌唱抗日山》悲壮遒劲，《抗击"非典"之歌》气势豪迈，《小沙东海战》壮怀激烈，《悼二七烈士》低回沉重……虽情绪各异，但让高洁的灵魂走进读者心灵的追求不变。这些文情并茂的诗歌，正如一台气势磅礴的交响乐；而诗人王行聪，就是游刃有余气度从容的乐队指挥家。

《四季当歌》——隽永的哲理，源于咏物的思考……

如果说，直抒胸臆是"一江春水向东流"的酣畅；那么，借物抒情，则是"幽咽泉流冰下难"的蕴藉。在洪钟大吕般的礼赞里，诗人又吹起乡村的麦笛，咏松、咏藤、咏柳……而在一个个清新优美的物象里，都包孕着诗人深刻的人生思考。《松》："不畏酷暑　不怕雪霜／托着一颗爱心／日夜守卫着边防。"傲然屹立的，已不仅仅是一棵单纯的树，绿色与挺拔，不屈与坚强，是高尚人格的写照。《藤》："甘愿把腰儿扭曲／摧眉爬行不遗余力／无论是爬得多高／都无法把没有脊梁的身躯直立。"对卑贱丑陋的人性的鞭挞力透纸背。《柳》："谁也无法改变你袅娜的身姿／你在为一个新的季节的到来使劲加油。"超越了柳的传统意象，赋予她新的神韵与特质。《雪花》："你把爱无私地洒向人间／以身相许换来了万物的微笑。"雪花自我牺牲的精神跃然纸上。还有《春的思恋》《夏的呼唤》《秋的留连》《冬的祈盼》……透过季节缤纷的色彩，生的况味与物的理趣相得益彰。

真的很感谢诗人。是他，触摸了我乡情的悸动；是他，点燃了我怀物的情思。在诗集深广的抒情内涵里，我参透了什么叫热烈与深沉。

# 县城变奏曲

## ——《灌云旧影》序

  道路是城市交通的枢纽，是市民走向社会的脉络，是一个地区经济流量的管道。从这本灌云老相册逝去的影像里，我们在感受小桥流水的诗意里，在回味参差人家的温馨中，也真切地在叹惋这座有百年历史的老县城，的确狭窄了些，拥挤了些。

  但每一个时代有每一个时代的印记，每一个发展阶段有每一个发展阶段的格致。对于这本老相册里所看到的一切，我们仅仅只是有一丝的叹惋，慨叹沉淀在那些逝去岁月里许多陈旧的记忆，惋惜在近乎古朴的县城相貌里，缺少了点现代的气息。

尽管这样，作为一方水土养育的一方人，我们依然炙热地爱着我们脚下的这片土地。驻足在山前河的波影里，婉约的情思随河水涓涓地流淌；流连大伊山的黛色中，满腔的依恋如巍巍山峦一样厚重。

今天的旧印象都是昨天的新事物，时光无情人有情，岁月无声心有声。


应和着共和国阔步前进的脉络，灌云的面貌也正在日新月异地蜕变。从这些气势恢宏，洋溢着现代都市的七彩霓虹的璀璨里；从这些秀色可餐，跳跃着都市田园的意境的恬静中；从这些纵横交错的现代通衢，宽敞时尚的休闲广场，楼房林立的都市嘉园，佛光照耀的深深寺院，溢彩流金的县城夜景……从这里的一草一木一砖一瓦一山一水，我们在和谐宜居的"家"的怀抱里，尽情享受着改革开放给予我们的恩赐，尽情咀嚼着魅力灌云赋予我们的甘甜。

沉浸其中，我们在忘情地享受，我们更在深切地感恩。感恩党的富民政策硕果的芳香，感恩勤劳的灌云人建设家园汗水的苦涩，感恩这片钟灵毓秀的山水哺育的幸福美丽的新灌云。

今天的新面貌都是昨天的再发展。山水有情人有情，和谐灌云更风流。

# 虚实相生出华章

## ——读曹兴戈的诗歌《最后的槐花》

当今的世界变得越来越浮躁。当纯洁与素雅被世俗与浮华包装，当钢筋水泥的丛林肆意地吞噬着乡野的绿色，当人性的原生态已经被矫情与喧嚣冲得七零八落。曹兴戈先生的诗《最后的槐花》，正是呼唤乡村诗意生活回归的招魂曲，是斥责虚伪文明剥蚀生活真实的正气歌。

## 化实为虚

这盘"白皙""精致地""蜷缩在景德镇矜持的怀里"的"绿鬓玉枕"，是一道由槐花制成的精美菜肴，这就是"实"，延绵到了自己的情感世界。诗人的审美理想是生活原生态的真朴，就像"长长刺槐，还在我心上／钉着／牢牢钉着"，就像"小麦秀穗的日子"里灿烂地盛开的豌豆花。因而，从萨克斯中流淌出来的矫情，让"我读不到一条／关于那片田野的／真实的消息"。很显然，在都市霓虹灯的折射里，乡村的影子已变得扑朔迷离；在葡萄美酒酽酽的浸泡下，乡村的率真已悄然地蜕化。尽管"那串／灰白的日子"生长着贫穷与苦难，但"长长的刺槐"，还在诗人心中"牢牢地钉着"。因为，物质的匮乏并不代表精神的干涸。在槐花盛开的季节，诗人在岁月的苦涩里享受母爱的甘甜。"当晨风里，妈妈捏着空空的粮食／从槐树下走来／槐花啊槐花／你让我铭记／母亲早生的白发系着的／那串／灰白的日子……"正是这挥之不去的记忆，让槐花单纯的自然的物象，烙上了诗人情感的印记，这一嘟噜一嘟噜的槐花，也牵挂着诗人一嘟噜一嘟噜的绵绵情思……

## 化虚为实

在诗的第四节，诗人用排比的修辞，将槐花的意象铺展为四张不同的面孔：洁白的、灰尘满面的、清香四溢的、不幸的。而蕴贮在诗人心中的关于槐花的复杂的情感，正是通过这四张面孔的不同的表情，形象生动地表现出来。在槐花的意象里，我们读出了她质地的清醇与高洁，因为她是根植于乡野厚重的土地上；我们读到了她的清香四溢，因为她浸染了乡亲们在艰难中表现出来的坚韧；我们也读出了她的不幸，因为在大都市灯红酒绿的迷离中，她失去了生她的土地，迷失在精致的虚伪中。

一位作家说："故乡，其实就是和邻家姑娘相爱的地方。"在诗中，诗人用"油亮长辫"来借喻经常在心中梳理的故乡的情结，形象的直接性为我们提供了联想的线索：故乡也许是淳朴得像一位扎着辫子的村姑，乡情也许像油亮的长辫一样隽永悠长……这种转虚为实的表现手法，拓宽了诗境的空间，诗人取境的审美观照，既契合涌动在诗行中诗人郁结的心绪，又与槐花的审美意象两相比照，相得益彰。

的确，在浮躁世界的烟尘斗乱中，曹心戈先生与他的诗一样，像一棵老槐，摇曳在诗意的空间，坚守着心灵深处的那一树洁白的槐花。

（曹兴戈，省作协会员，省特级教师，全国优秀教师。

《最后的槐花》是他创作的诗集）

# 从宗教圣殿到育人殿堂

## ——国清禅寺溯源

　　江苏省板浦高级中学是一所具有百年校史的江苏名校，它坐落于海州区古镇板浦。我于20世纪求学于此，大学毕业后又执教于此，对这所百年老校深厚的文化积淀，绵延的文脉传承，丰硕的教育成果，众多的学子精英，动人的名校魅力，有着深刻的记忆和深深的感动。但像丰碑一样永远矗立在我心灵深处的，还是饱经历史风雨洗礼，至今仍矗立在校园深处的国清禅寺。

　　国清禅寺始建于隋炀帝大业八年（公元612年）。那时，板浦这儿东、北两面是海，人烟稀少，佛门弟子相中此处，建了座禅寺，专门为那些弃俗出家的人剃度受戒，填写度牒词簿，教习诵经参禅，成了佛教活动的所谓"四大皆空、六根清净"的世外桃源。该寺院在五代残唐时即毁于兵燹。宋元丰七年（1084），云游僧法朗在旧寺上进行了重建（后人尊其为开山僧）；元至正十四年（1354），又不幸毁于兵火。明洪武九年（1376），果升大和尚再次重建；清康熙三十四年（1695）又进行了扩建。当时国清禅寺规模很大，故又俗称"大寺"，寺前巷道也因此得名"大寺巷"，一直沿用至今。国清禅寺的主寺院占地20多亩，三道殿堂，前山门供韦驮，中大殿供四大天王，后大殿即"大雄宝殿"供释迦牟尼和金刚、罗汉众菩萨。寺内殿宇宏伟，佛像整齐，另有东西廊房、方丈室等建筑，晨钟暮鼓，香火旺盛。但到清末时，由于战乱频仍，国清禅寺即逐步衰败坍塌。民国初，"灌云县第一高等小学"薪承"北碛学堂"在此诞生；1924年，改建成"灌云县立初级中学。"中华人民共和国成立后，大雄宝殿和东西廊房被拆除，材料用以建造中学会堂，仅存寺院前山和中大殿共六间，佛像俱无，先后成为板浦中学的教室、音乐室和图书室。为迎接板中八秩华诞，板浦中学于2003年仲秋开始修缮两殿，新建碑廊，现为板中校史展览室。

志书上记载，国清禅寺建于宋元丰七年。但在解放初大雄宝殿拆空时（大雄宝殿位于今板中办公大楼处），发现一奠基石，上刻有"建于隋大业八年"等字样。当年的瓦工队长项长柏、群众季万祥等多人亲目所见，现仍能回忆起来。古寺溯源，始建时间应该定为公元612年。

国清禅寺在近现代海州发展史上，是一个着色很浓的人文标记。在《风雨国清寺》的散文里，我把国清禅寺积淀更多的文化内涵。

它是古镇文脉的源头。清代，随着古镇盐业的发达，围绕古寺，形成了一批享誉全国的文化大家。如《镜花缘》著者李汝珍、著名经学大师凌廷堪、"二许""二乔"等百余名文化翘楚；他们经常在国清禅寺诗文唱和。许乔林著的《弇榆山房笔谈》有这样记载："雍正庚戌春、沂、郯、海、赣同知吴公象贤勾当公事至板浦，集诸名士题襟射覆，觞咏无虚日，家耕梅兄藏有司马诗册，其《国清寺赏桃花》云：'东风吹醒入桃源，眼底红云玉树翻。太白醉吟花下句，惠连移送雨中尊。繁枝春老香堪摘，活火声清渴欲吞。壁上有琴僧未俗，逃禅兴味想茶村。'"近现代更涌现了如著名教育家江恒源、著名话剧表演艺术家朱琳、被誉为"海属泰戈尔"的朱仲琴、以"中国声纳学之父"汪德昭为首的新中国科学精英"汪氏三兄弟"等一大批国家栋梁。从某种意义上说，是国清古井滋润了古寺厚重的文化，古寺厚重的文化强劲了古镇久远的文脉，文脉偾张的文化繁荣让板浦这一方小镇，一度成为连云港市近现代文化的博物馆。

它是海州现代教育的摇篮。民国初，"灌云县第一高等小学"薪承"北崚学堂"在此诞生；1924年，改建成"灌云县立初级中学"。从古寺里走出的教育家如江恒源、方楚湘、孙佳讯、朱仲琴等，为连云港现代教育留下了宝贵的教育思想资源。建校初方楚湘先生曾力主女生就读中学，海属诗人朱仲琴校长提出了教育"人格化""生产化"宗旨，《镜花缘》研究专家、诗人孙佳讯校长对旧学校的改造和青少年的思想教育作出了可贵探索，"文革"后诸多名师在教育理论和教学实践方面的卓有建树等等，这些是提升学校教育境界的必要凭据，也是今天依然值得学习和践行的教育思想。

它曾是连云港地区革命的圣地。1930 年，在国清禅寺中大殿，成立了中共地下党支部，学生徐润斋任书记；抗日救亡运动中学校师生走上街头查禁日货，宣传抗日；解放战争中学校教员积极参与《灌云日报》的编辑工作，一批批学生投入波澜壮阔的革命斗争，有的献出了宝贵的生命，如"板中二女杰"张明、朱平等；有的成为党的高级干部，天津原第一书记陈伟达、江苏省原省长惠浴宇就是其中的佼佼者。他们的事迹和精神光照历史，德昭后昆。

它是我们连云港市的文物保护单位。风雨沧桑一千四百年，国清寺承载着更多的历史、人文、宗教、文化等内涵。现在，矗立在江苏省板浦高级中学中心校园的，不仅仅是前山中大殿两幢古色古香的建筑，更多的是人们用心灵仰望的精神的圣殿。从国清寺印满斑斑苍苔、枇杷掩隐的小径里，走出了上万名国家建设的栋梁之材；同样，这条绵延着古老时光通往国清寺的小径，也接纳成千上万归乡寻根者的虔诚地膜拜。

它又是众多板中学子情感的根，思念的源，心灵世界里永远最温馨的故乡。2004 年，板浦高级中学诞辰 80 周年之际，国清寺被修葺一新，被海内外板中学子魂牵梦绕的精神家园，也成了校史陈列馆。推开寺院两扇红漆的大门，前山室内中端端立着板中学子、前天津市委第一书记陈伟达铜像，左侧陈列着学校规划模型。绕墙展出的，是学校辉煌的发展历史，图文并茂，仿佛让走近它的人，走进学校历史的深处。徜徉枇杷掩隐的天井，东廊西墙，整齐地镶嵌着很多碑刻，上面镌刻着历届校友对母校真挚的祝福，殷切的思念，美好的情愫。中大殿是知名校友荣誉陈列室。整个展室，可谓星光璀璨，这些毕业于这所名校的学子楷模，有政界精英，有科学泰斗，有行伍骁将，有体坛名将……他们身上闪耀的夺目的光辉，为这座千年古寺又增添了迷人的魅力。寺前立有石碑，记载古寺重修的经过，辑录如下：

国清禅寺又谓国清寺，宋神宗元丰七年开山僧法朗建。元至正十四年毁于兵燹。明洪武九年僧果升重建。清康熙三十四年复建。后香火无济。民国初，灌云县第一高等小学薪承北醮学堂在此诞生。1924年灌云县立初级中学又建于兹。国清禅寺遂为育人之摇篮。八十春秋，植德树人，三万学子，英才辈出，遐迩闻名。而该寺原为三进佛殿及东西廊房，20世纪中叶，后殿及东西廊房均拆除，留前中殿，经年累月，风雨侵蚀，面目颇旧。会八秩华诞即至，建议修葺者颇多。时维2003年仲秋学校重修两殿，新建碑廊，使之面目粲然，与楼群相映，人文景点，古朴幽深。国清禅寺，钟灵毓秀；解读校史渊源之久远，本域文化底蕴之深邃，学校发展之伟绩；令在校师生赍志常励，使离校学子梦牵魂绕；舐犊情，桢梁愿，永存焉。以故，重修国清禅寺其意义真乃大矣。

甲申年仲春

# 后 记

　　似乎注定和这个千年古镇有不解之缘，高中 3 年就读于斯，大学毕业后执教于斯，弹指间，已逾 30 年了。其间，古镇的文化深深地浸润着我的身心。在李汝珍的纪念馆里，我凝视着倒映在古井里的百年皂角的翠叶，在感悟镜花水月虚无的同时，也在体验着古镇文化的博大精深；在桃花飘红的秋园，我曾驻足断桥夕阳的残照里，抚枯柳依依，听鹧鸪凄凄，看池水倒影……在苍凉的废墟里寻找古镇文明曾趋没落的历史；泛舟碧波粼粼的古盐河，看斜阳脉脉，潮涨潮落，我在追忆古盐都的兴衰，也在寻找古镇文化的脉络；瞻仰国清禅寺，在苍松翠柏间静吊板中二女杰的芳魂，我在为自己能执教这所百年名校而骄傲的同时，更钦羡古镇文化大树的根深叶茂，硕果累累。

　　因此，在教学的百忙之余，我总喜欢走向古镇的纵深处，用心去捡拾着散失在这里的文化的一鳞半爪，细心地清点着古镇文化的碎片。每每有些感人的人和事，震击着自己灵魂的深处，便认真地收进自己思想的背囊，装进自己灵魂的深处；而偶尔写出的一二篇文章，就是这种文化经过反刍后的一点积淀，一种升华。

囿于创作的稚嫩与文学圈子的狭隘，起初，我的许多作品大多发表在县报上，但我写作热情很高，基本上是每周都有作品见诸报端；连云港广播电台的"文化时空"也不时播出我的散文与诗歌。最可惜的是，电台播出的作品，由于自己保管不善，大都散失了。其中的一篇，叫《卖菊花的小女孩》，故事很凄婉，播出后曾感动了许多听众，可惜也零落了。

在一个桃花盛开的季节，市委宣传部和文联的几位领导来板浦采风，经曹兴戈老师的介绍，我参加了连云港市作家协会；从此，文学圈子便扩大了，和本市文学大家如张文宝、陈武、徐习军等接触，创作的品位也有了提高。那一段时间，《连云港文学》基本每期都发表我的作品。可以说，我写作的每一点进步，都离不开文学同仁的帮助与文联领导的教诲。

我创作的散文，基本都是"小摆设"，这不仅指作品的篇幅短，也是因为缺乏思想的深度与广度。如果有一点可取之处的话，大概是立意的纯净与语言的清新。抒情短诗也有涉猎，但绝无诗的隽永与深邃。唯一能让我欣慰的是几首朗诵长诗，曾在具体的情境里产生过较大的反响。这多少弥补了其文学上审美价值的缺失。文集中也选编了我发表于语文专业杂志上的部分论文。它们之所以入选，是因为它们不是传统概念上的思想大于语言的论文，其实，不管是语言的洗练优美，还是抒情的真挚浓烈，都可以说它们是"大散文"家庭里的成员。对于中学生的读者群来说，可谓是一读而双得。

散文集由"四季回响""笑靥如花""清浅岁月""心香一瓣""墨香有痕"五个部分组成。"四季回响"，在季节的更替中，感悟岁月的芳华；"笑靥如花"，那些宛然于我记忆中的人物，总让我心生感动；"清浅岁月"，在如白驹般流逝的光阴里，咀嚼人生隽永的况味；"心香一瓣"，多抒情短章，于花草虫鱼中体味世事的哲理；"墨海有痕"收录了部分书序和文学短评，在飘香的文字里，在书海中探幽。

真诚感谢江苏省作家协会副主席张文宝先生倾情作序，真诚感谢江苏省作家协会常务理事，全国著名小说家陈武先生为散文集的付梓悉心操劳。

在桃花盛开的季节，《文字，飘香在清浅的流年》终于和读者见面了。桃红水碧春光好，扁舟一叶泛春来。假如文学如舟，愿她能承载着每一位读者，游梦之乡，览心之湄。毕竟，那里远离了尘世的喧嚣；毕竟，那里有人间难得的纯洁与崇高。